Geheimer Hinweis auf den Ort des Geschehens:

Besen unter dem Fenster. Hier treffen sich turnusmäßig - wie immer - am ersten Dienstag im Monat
die Frauen und Männer der Freien und Geheimen
Bruder- und Schwesternschaft der Unerschütterlichen Haltlosen.

Verlag und Druck:
Tredition GmbH, Hamburg

© 2019 Rolf Kaufmann

ISBN 978-3-7482-1471-7 (Paperback)
ISBN 978-3-7482-1472-4 (Hardcover)
ISBN 978-3-7482-1473-1 (e-Book)

Umschlagsgestaltung: Richard Gruber

Dorothea Uhrlau gewidmet

Rolf Dieter Kaufmann

Immer wieder tun, was eigentlich nicht geht

oder

Zum Teufel mit der Toleranz

I.
Zum Ochsen

Im Jahr 1222 wird mit Starthilfe wohlhabender, ehrgeiziger Sponsoren und einiger Magister bzw. Scholaren, die aus Bologna herübergekommen waren, die Universität von Padua gegründet. Unter der milden Herrschaft der weltoffenen Republik Venedig steigt „Zum Ochsen" (il bò), wie die Universität bis heute nach einem Gasthof, der auf dem Universitätsgelände einmal gestanden hat, genannt wird, zu ungeahnter Blüte auf. Sie wird Zentrum des Humanismus, aber auch der neuen Naturwissenschaften und der Auseinandersetzung mit der vorderasiatischen und islamischen Welt.

II.
Niedergang und Wiedererstarken Paduas

Nachdem die blutigen Kämpfe gegen die Kelten und der Einfall der Langobarden in den Kriegsjahren um 601 und schließlich die Zerstörung der Stadt durch die Ungarn im Jahre 899 zum wirtschaftlichen und politischen Niedergang Paduas geführt hatten und alle antiken Monumente für immer zerstört waren, dauerte es bis in das 12. Jahrhundert hinein, dass Padua wieder erstarken konnte, um als Freie Stadtkommune zum zweiten Mal die Bedeutung zu erlangen, die ihr eigentlich zustand.

Hinweise:

Ungarn? Awaren? Sie verwüsteten ganz Italien, töteten viele geistliche und andere Würdenträger. In einer Feldschlacht fielen an einem Tag 20.000 Italiener.

Die Langobarden? Der von Justinian protegierte Feldherr und Eunuch Narses rückte mit einem grossen Heer in die Po-Ebene ein und besiegte zunächst die Goten und ihren König Totila, gestorben 552.

Von Ravenna aus regierte er als Patrizius des Kaisers. Narses befriedete Italien. Er führte die in Konstantinopel geschaffene römische Gesetzessammlung CORPUS JURIS CIVILIS des Justinian ein, von der wir im deutschen Bürgerlichen Gesetzbuch heute noch profitieren. Justin II. (auch Flavius Justinus), von 565 bis 578 oströmischer Kaiser, hat Narses später entmachtet, indem er ihn abberief. Narses´ Fehler war wohl, dass er im Gotenkrieg die heimatlosen Langobarden, schlaue Heidenbürschchen, für sich eingesetzt hatte. Diese machten sich 568, in der Absicht, eine Heimat zu finden bzw. zu erobern, auf den Weg nach Italien. Der Kaiser glaubte hoffen zu können, dass diese heimatlosen Burschen das Reich gegen die Franken abriegeln würden, was dann nicht geschah. Nachdem diese Haudegen eigenwillig nördlich des Po eine Stadt nach der anderen unterworfen hatten, kam ihnen in den Sinn, doch gleich alleine in Italien herrschen zu wollen. Sie einverleibten sich Pavia im Norden Italiens, am Fluss Ticino gelegen. Nicht zur Freude der Byzantiner. Sie machten sich diese Stadt zum eigenen Königssitz. Norditalien wurde lombardisch. Das erste Königreich Italien war geboren. Allerdings auch schnell wieder gestorben, weil die auf die Inseln Venetiens geflüchteten Oppositionellen und jetzt um ihre Heimat bangenden und die Bewohner im Gebiet um Bologna, Ravenna und in der Toskana, diese Entwicklung nicht gerne hinnahmen. Außer mit dem wachsenden Widerstand der Byzantiner, mussten die Langobarden mit kriegerischen Einfällen der Franken und dem gefürchteten Reitervolk der Awaren fertig werden.

III.
Das Jahr 1222

Wir sind im Jahr 1222. Eine Gruppe früh ge-
alterten Frauen und Männer der Freien und
Geheimen Bruder- und Schwesternschaft der Unerschütterlichen Haltlosen (Inconsistenza) trifft
sich turnusmäßig - wie immer - am ersten Dienstag im Monat, an einem geheim gehaltenen Ort
in Padua. Vermutlich treffen sie sich auf der Bau-
stelle des bis dahin noch nicht fertiggestellten
Palazzo delle Regione.

Hinweis:

Der Ort Padua, das historisch-römische Patavium,
ehemals eine reiche und angesehen Stadt in der Po-
Ebene, Geburtsort des Livius, beiderseits des Bac-
chiaglione gelegen, durch Kanäle mit Brenta, Etsch
und Po verbunden, an der Schnittstelle der Verkehrs-
wege an der nordöstlichen Po-Ebene, war richtig
gewählt. Im 10. Jahrhundert wurde Padua zum Mittelpunkt einer Grafschaft. An die Stelle von Konsulen
traten im 13. Jahrhundert die Podestà, eine Art
mächtiger Bürgermeister, unter denen Padua seine
Herrschaft über Vicenza, Bassano und Feltre aus-
dehnte und deshalb besonders in Gegnerschaft zu
Venedig und Verona geriet.

IV.
Palazzo delle Regione (1):
Geheimes Treffen der Brüder und Schwestern
der Unerschütterlichen Haltlosen

**Die Brüder und Schwestern der Unerschütter-
lichen Haltlosen, der Inconsistenza, sitzen um
einen rosafarbenen, mit grünen Bändern und
weißen Lilien geschmückten Tisch, sich begrüs-
send, sich beschwatzend, auf den offiziellen Be-
ginn der Aussprache wartend.**

*„Verspotte oder necke oder habe jemanden zum
Besten oder beschwatze jemanden!".*

**Es ist Hochmitternacht. Die Damen und Herren
der Haltlosen, die Gutschweine - eine Anspielung
auf einen Text des Petrus von Bruys, von *„buona
porca"* abgeleitet - beabsichtigen in ihrer Haltlosigkeit in Padua eine elitäre Universität zu
gründen.**

Hinweise:

Petrus von Bruys, häretischer Priester, Haupt der
Petrobrusianer, predigte seit etwa 1105 in Südfrank-
reich gegen Kindertaufe, Eucharistie, Zölibat. Er
wurde an einem Karfreitag zur Unterhaltung des
Volkes „rechtmäßig" öffentlich verbrannt. Diese
kirchlichen Schauspiele der Grausamkeit waren immer auch ein erotisches Theater mit einer feierlichen
Prozession. Männer- und vor allem Frauenliquida-
tionen wurden allegorisiert durch erotische, keines-

wegs abschreckende Vorstellungsbilder, z.B. mit dem Verbrennen von Frauen, die durch das Feuer nackt wurden.

Inconsistenza (ital.) bedeutet Haltlosigkeit, levitas, fluxus animus (lat.).

Tatsächlich initiierten 1222 aus Bologna kommende Scholaren und Magister während der Herrschaft Friedrichs II. die Universität Padua.

Friedrich II.? Friedrich II., auch Friedrich der Staufer geheißen, geboren 1194, schon im Alter von 3 Jahren zum König von Sizilien ernannt; 16jährig zum König von Deutschland gekrönt; mit 24 Jahren wurde er Kaiser des Heiligen Römischen Reiches. Die Ehrwürdigen Brüder und Schwestern der Unerschütterlichen Haltlosen würde man heute als Sponsoren bezeichnen.

Was die Ehrwürdigen Brüder und Schwestern der Unerschütterlichen Haltlosen damals noch nicht geahnt hatten: Die Serenissima schuf 1463 an der Universität Padua einen Lehrstuhl für das Altgriechische. Ganz frei von Zwängen war die Universität im Zeitalter der Gegenreform. Vesalius führte an der Universität - von der katholischen Kirche krampfhaft und abwertend beäugt - seine anatomischen Studien ÜBER DEN AUFBAU DES MENSCHLICHEN KÖRPERS zur Veröffentlichung (1543). Galileo entdeckte die Gesetze des freien Falles – im Widerspruch zur Physik des Aristoteles. Er erweiterte seine Erkenntnisse durch Experimente (1592 – 1610) in Padua.

Galileo schuf eine neue Wissenschaft, die mathematische Naturwissenschaft (für die ihm durch die Inquisition von der katholischen Kirche der Prozess gemacht wurde).

V.
Palazzo delle Regione (2):
Geheimes Treffen der Brüder und Schwestern
der Unerschütterlichen Haltlosen

Die Ehrwürdige Schwester Dorothea vom Kräutergarten berichtet: *„Als wissenschaftliche Sekretärin der Freien und Geheimen Bruder- und Schwesternschaft der Unerschütterlichen Haltlosen und deshalb unmittelbare Beteiligte und Augenzeugin allen Geschehens, erlaube ich mir, in einer unter Verschluss zu haltenden und für die Nachwelt zu deren allgemeinen Kenntnis aufzubewahrenden Schrift, diese erfolgreichen Frauen und Männer zu charakterisieren.*

In den Analen soll stehen: Mit dem Mut derer, die nichts mehr zu verlieren haben als ihre Würde, und mit dem im Ritual vorgesehenen, einleitenden Satz, `Ich schmachte vor Haltlosigkeit!`, bemühe ich mich nun, ZUM TEUFEL MIT DER TOLERANZ, die Brüder und Schwestern der Unerschütterlichen Haltlosen aufzuführen und der Nachwelt zu erhalten:

Den ehrwürdigen Bruder vom Dachstuhl des Lebens, singende Nachtigall der Sozialinspiration und Soziologie, Nobile und Gelehrter."

Hinweis:
Wie man weiß, ist ein Nobile ein Freier mit hohem sozialem Rang, in der Regel quasi ein reicher Adeliger.

Die Ehrwürdige Schwester Dorothea vom Kräutergarten fährt fort: *„Den Ehrwürdigen Bruder Aufschneider von San Giorgio, von König Johannes Ohneland von England geadelt mit dem Titel Ritter von den Trittbrettfahrern (Knight off Free Rider). Gelehrter."*

Hinweise:

Johannes Ohneland war König von England, 1199 bis 1216. Wegen eines erfolglosen Irlandfeldzuges wurde er zum Ohneland getitelt. Er verlor bis 1208 fast allen Besitz. Nach einem Streit mit Papst Innozenz II. und nach dem Aufstand des Adels gegen ihn, musste er zunächst England zum päpstlichen Lehen nehmen. In allen seinen Behauptungskriegen unterlag er schließlich endgültig bei Bouvines in Frankreich. In der Folge wurde er zur Annahme der Magna Carta gezwungen. Mit einem Schwert wurde er ritterbürtig zum Ritter von den Trittbrettfahrern (Knight off Free Rider) geschlagen.

Nicht anders als damals streben auch heute die Ministerialien zu Höherem. Ziel ist es, Ritter (z. B. Höherer Beamter, Politiker) zu werden. Diese Möchtegernritter wurden milites Castri geheißen. Der Ehrwürdige Bruder Aufschneider von San Giorgio, Ritter von den Trittbrettfahrern, ist ein armer Ritter, ein minores milites. Reiche Ritter nannte man maiores milites. Neben diesen gab es noch die militia christi, die Ritter im Dienst der Kirche und Religion, quasi den Bund der Ritter, den Gott gemacht haben soll.

Die Ehrwürdige Schwester Dorothea vom Kräutergarten fährt fort: *„Den ehrwürdigen Bruder Wissenschaftlichkeitsfurzer, Dampfschraube für Arroganz und Intrige, stellvertretender Kastellan von Cittadella und Gelehrter. Der Einfachheit halber oft Herr Furz genannt."*

Hinweise:

Zum Verständnis des Lesers: Warum Kastellan von Cittadella? Am Schnittpunkt der Straßenverbindungen Vicenza-Treviso-Bassano-Padua errichteten die Paduaner im Jahr 1220 eine befestigte Stadt, eine Cittadella ein, um ihre Grenze gegen Treviso zu sichern. Der auch heute noch fast völlig intakte, elliptische Mauerring mit zinnengekrönten Kurtinen und 32 Türmen, umschließt eine streng geometrische Stadtanlage mit schachbrettartig verlaufenden Straßen. Die norditalienischen Kastelle zeigen in Form ihrer Schießscharten und Kurtinen die Zugehörigkeit des Bauwerks zur Guelfen- oder Ghibellinen-Partei an. Das Kriegstheater jener Zeit hatte ebenso sein bühnenbildnerisches und dekoratives Image, wie die Kirchen bei den sakralen Demonstrationen. War das mittelalterliche Leben eine meist kriegerische Schaubühne, so gab es auch professionelle Akteure. Einer dieser Schauspieler (ludorum exhibitores oder ludum exercentem (lat.)) war der Kastellan, der mimus castellanus von Cittadella; allerdings war das Spectaculum todernst.

Die Ehrwürdige Schwester Dorothea vom Kräutergarten fährt fort: *„Den Ehrwürdigen Bruder Schachtelknallfrosch, Erforscher der psychopathischen Gräte: Wegen seiner sowohl wissenschaftlichen als auch kommunikativen Erfolge auf dem Gebiet der Psychologie und Klinischen Statistik der Erforscher der psychopathischen Gräte genannt, und im Volksmund Frater der Obst- und Gemüsehallen und der Kirchenglokken sowie der Simonie geheißen."*

Hinweise:

Simonie? Nach Simon Magnus benannter Handel mit geistlichen Dingen, zum Beispiel mit Sakramenten, Segnungen, Ablässen, Reliquien oder kirchlichen Würden und Ämtern. Eine in dieser Zeit weit verbreitete und im hohen Mittelalter ausufernde Unsitte. Sie war eine der Ursachen des Investiturstreites.

Zum Verständnis des Lesers: Frater der Obst- und Gemüsehallen und der Kirchenglocken? Heute gleichbedeutend mit „Hans Dampf in allen Gassen".

Die Ehrwürdige Schwester Dorothea vom Kräutergarten fährt fort: *„Den Ehrwürdigen Bruder Soziallandmaus, im Volksmund mit dem Titel Frater Bestattungsinstitut der Sinnsprüche bedacht. Gelehrter."*

Die Ehrwürdige Schwester Dorothea vom Kräutergarten fährt fort: *„Die Ehrwürdige Schwester von der Zitrone. Gräfin und Gelehrte."*

Die Ehrwürdige Schwester Dorothea vom Kräutergarten fährt fort: *„Den Ehrwürdigen Bruder Prediger, Eminenz psychologischer Schrundenaufbeißer, Psychotherapeut und Gelehrter."*

Die Ehrwürdige Schwester Dorothea vom Kräutergarten fährt fort: *„Die Ehrwürdige Schwester vom vollautomatischen Wortwechsel, Hoheit mit Wind im Hintern."*

Die Ehrwürdige Schwester Dorothea vom Kräutergarten fährt fort: *„Den ehrwürdigen Bruder Bruthenner von der Nörgelei und den Spitzfindigkeiten, Kastellan von Castelfranco und politischer Gelehrter."*

Die Ehrwürdige Schwester Dorothea vom Kräutergarten fährt fort: *„Die Ehrwürdigste Schwester Klatschrose, Mutterschoß der Einswerdung mit Gott, in der heilpädagogikwissenschaftlichen Literatur vor allem mit dem Werk `Phallus Pedagogico` (Der pädagogische Phallus) ausgewiesen; Mitglied der Nationalen Akademie DIE NOTBRÜCKE DER ERZIEHUNG; Trägerin des Verdienstordens BAVARESE Grenzpfahl der Tugend und Trauer, Gräfin und Gelehrte."*
Die Ehrwürdige Schwester Dorothea vom Kräutergarten fährt fort: *„Il Capitano, der erste Vorsteher der Brüder und Schwestern der Uner-*

schütterlichen Haltlosen, Lenker und Sprecher der Freien und geheimen Bruder- und Schwesternschaft der Unerschütterlichen Haltlosen. Er wird seines Namens unbenannt bleiben. So wollen es die Statuten, und an diese habe ich mich über den Tod hinaus zu halten. Ich werde ihn deshalb der Einfachheit halber nur Capitano heißen."

Hinweise:

Capitano: Die Gesellschaftsstruktur im 13. Jahrhundert bot vielfältige Aufstiegsmöglichkeiten, u.a. auch für die Capitani, die ihre Lehnsgüter wesentlich erweitern konnten. Zum Teil waren ihnen zugestandene Lehnsgüter noch Brachland, Sumpf und Waldgebiet. Insofern waren viele Capitani Pioniere. Sie erschlossen sich nicht nur neue Gebiete. Sie ermöglichten auch einer ständig wachsenden Bevölkerung Ansiedlungen und Auskommen. Sich selbst belohnten sie mit der Erweiterung ihres Besitzes und Einkommens. Rodung, Anbau von Neuland und die größere Bevölkerungsdichte förderten Handel und Verkehr.

Man nannte diese Vorgänge auch *„Es tut sich etwas im Kochtopf",* Geschäfte tun sich auf. Mit Keckheit zugreifen. Heute würde man sagen: Unverfroren sein, Geschäfte ohne ethischen Rückhalt machen. Die Leistung wird hochgehalten, wenn es darum geht, diejenigen, die eh´ nicht viel kriegen für ihre Arbeit, für mangelnde Leistung zu rügen. Im Grunde zählte nur der Erfolg, unabhängig davon, wie er zustande kam.

VI.
Palazzo delle Regione (3):
Geheimes Treffen der Brüder und Schwestern
der Unerschütterlichen Haltlosen

Capitano, der erste Vorsteher der Brüder und Schwestern der Unerschütterlich Haltlosen:

Im Augenblick, da Capitano fühlt, jetzt könne er erfolgreich und direkt in das Schnabelfechten seiner Unerschütterlichen Haltlosen hineinsprechen, um die Geheime Versammlung nach den Statuten zu eröffnen, beginnt er mit den Worten:

„Ehrwürdige Brüder und Schwestern, was tut man nicht alles, um etwas zu tun, was man eigentlich nicht tun will, jedoch glaubt, tun zu müssen!"

Capitano, der erste Vorsteher der Brüder und Schwestern der Unerschütterlich Haltlosen:

Monolog: „Horaz, an einen Dichter (epist. 1,4): Albius, du unparteiischer Kritiker meiner Werke. Schreibst du etwas, das die Werke von Cassius von Parma übertreffen mag, oder schlenderst du schweigend in den gesunden Wäldern umher, indem du dich um alles kümmerst, was eines weisen und guten Menschen würdig ist? Du warst, wie ich dich kenne, kein Körper ohne Geist. Die Götter haben dir eine gute Erscheinung gegeben. Die Götter haben dir Reichtum gegeben und die Kunst des Genießens. Was soll die

liebe Amme ihrem süßen Zögling Herrliches wün-
schen, da er Geschmack und Urteil besitzt, zu
sagen vermag, was seines Herzens Meinung ist.
Und da ihm Beliebtheit, Ruhm und Gesundheit in
Fülle zu Teil wird und ein anständiges Einkom-
men, wobei der Beutel nie leer wird? Zwischen
Hoffen und Sorgen, Fürchten und Zürnen glaube
stets, jeder Tag, der heraufdämmert, sei dein
letzter: als willkommene Zugabe wird die Stunde
kommen, die du nicht hofftest."

Capitano, der erste Vorsteher der Ehrwürdigen
Brüder und Schwestern der Unerschütterlichen
Haltlosen:

„Gerade dann vor allem ziehe dich in die Ab-
geschiedenheit des Selbst zurück, wenn du in
der Menge benötigt wirst. Schweigen, Stille und
Abgeschiedenheit gehören zur Besinnung auf
sich selbst."

Die Eröffnung der Versammlung ist mehr oder
weniger geglückt. Und es dauert nicht eine Minute, bis alle Brüder und Schwestern die ersten
Worte ihres Vorstehers, des Capitano, wahrge-
nommen und verinnerlicht haben, indem Sie die
Blicke auf ihn, den Vorsteher, richten, die Gespräche einstellen und mit einem kräftigen, fünf-
maligen Schenkelklopfen ihren allgemeinen Bei-
fall bekunden.

VII.
Palazzo delle Regione (4):
Geheimes Treffen der Ehrwürdigen Brüder und Schwestern der Unerschütterlichen Haltlosen

Der erste Vorsteher der Brüder und Schwestern der Unerschütterlichen Haltlosen, Capitano, die Augen seiner Brüder und Schwestern suchend, schaut lächelnd und mit dem Kopf nickend in die Runde, Seine Worte über das TROTZDEM TUN sind aus seiner Laune entstanden und als Eigenermunterung gemeint. Sie sagen wenig aus. Das ist ihm bewusst. Jedoch bedarf es nach den Statuten bei jeder Versammlung eines einleitenden, provozierenden oder wohlwollenden Satzes ÜBER DAS TUN.

Capitano, der erste Vorsteher der Brüder und Schwestern der unerschütterlich Haltlosen: *„Um diese dem Grunde nach unfriedliche Partnerschaft der sich in Szene setzenden Habichte, Gockeln und Wachteln zu erneuern!"*

Mit diesem Satz resümiert Capitano jedes Mal neu für seine zuhause gebliebene, neugierige Gattin.

Hinweise:

Zum Verständnis des Lesers: Wie soll Eifer beschaffen sein? Tätig sein durch große Werke, das möchten viele. Aber leiden um anderer Menschen

Leid willen, das wollen wenige. NIEMAND WILL NIEMAND SEIN UND SO BEHANDELT WERDEN.

„Faulpelz, am Feuer sitzend und sich Bequemlichkeit reinziehen; Bodensatz, unterster Bodensatz, Dummkopf, Scherzkeks, Katzenstimmen-Imitator, geh´ in die Kneipe, dich zu belustigen, auf der Stelle tretend.

Die andauernde und von Capitano gewollte Haltlosigkeit seines Daseins und seine nicht schlüssige, chaotisch anmutende Vita, die Widersprüchlichkeit in seiner Lebensführung, sind für ihn höchstes Gut, ein sich ständig verändernder Zustand von Werten und Möglichkeiten, zugleich Auftrag und Programm der FREIEN UND GEHEIMEN BRUDER- UND SCHWESTERNSCHAFT DER UNERSCHÜTTERLICHEN HALTLOSEN, der er mit Leib und Seele angehört.

Allerdings: Das Ritual, das ihm immer wieder neue Formulierungen über das Tun abverlangt, verleitet ihn gelegentlich zu schlüssigen Wortschwelgereien. Capitano, das Ideal eines Signore, hätte überaus gerne alles menschliche Tun der höflichen und makellosen Demut unterstellt.

Capitano, der erste Vorsteher der Brüder und Schwestern der Unerschütterlichen Haltlosen zu sich selber:

„Meinst du, die wollen es wissen?", fragt er sich zweifelnd, während er die gespannten Gesichter

der Brüder und Schwestern betrachtet. *„Meinst du wirklich, irgendeiner von diesen will wissen, wer er sei, wer wir wirklich sind, wer und was der Mensch eigentlich ist? Ist es nicht vielmehr so, dass alle, die sie hier sitzen, immer schon alles wussten und nur das bestätigt haben wollen, was sie bereits glauben?"* Sich ermahnend, nicht in die Fußstapfen des Hochmutes, der Ablehnung und des Hasses zu treten, richtet er seine Gedanken auf seine eigentliche Aufgabe:

„Es ist in Ordnung, anders zu sein!"

Hinweise:

Mordgesellen? Drei Mordgesellen, die man sich merken sollte, töten die jungen Pflänzchen einer neu aufkommenden, mitmenschlichen Beziehung:

Der erste Geselle verkörpert die mangelnde geistige Bescheidenheit, die Gesetze dieser Welt anzuerkennen. Sind wir nicht oft genug in dem Eifer, Menschen in unserem Sinne ändern zu wollen? Sind wir nicht öfter unzufrieden, weil wir meinen, erzwingen zu können, was uns nicht zusteht?

Der zweite Geselle verkörpert die Eitelkeit. Übertriebener Ehrgeiz führt auf den Weg zu vergänglichen, äußeren Ehren. Ziele sind Ansehen, Macht und Reichtum.

Der dritte Geselle verkörpert den Fanatismus, die skrupellose, blinde Intoleranz. Alle Mittel zur Erreichung eines Zieles sind erlaubt. Der Erfolg heiligt die Mittel.

Capitano, der erste Vorsteher der Brüder und Schwestern der Unerschütterlichen Haltlosen:

„Wir alle sind Brüder und Schwestern. Wir dürfen froh sein, wenn es uns gelingen sollte, einander zuzuhören oder zumindest anzuhören!"

Capitano, der erste Vorsteher der Brüder und Schwestern der Unerschütterlichen Haltlosen:

„Das ist die Welt, in der wir leben. Man fällt eben nur auf, wenn man etwas tut, das andere nicht tun. Man lenkt die Aufmerksamkeit auf sich, bringt andere in Zugzwang oder weckt ihren Neid. Hat das mit Demut zu tun? Ist es nicht so, dass, wer sich selbst zum Maßstab aller Dinge und allen Tuns macht, und diesen Maßstab anderen um die Ohren haut, im Grunde sich faschistoid verhält? Erwachsen aus diesem Verständnis von sich nicht Skrupellosigkeit, Heuchelei, Arroganz, Besserwisserei und Willkür? Wer bestimmt, was Sache ist?"

Hinweise:

Zum Verständnis des Lesers: Nach Ezzelino setzen sich faschistoide Strukturen nur dann durch, wenn sie in den staatlichen Amtsstuben Wurzeln schlagen können. Oder anders gesagt: Der Faschismus entwickelt sich nicht auf der Straße, sondern in den

Amtsstuben. Ezzelino war ein grausamer und gefürchteter Alleinherrscher und kaiserlicher Stadthalter über viele Stadtgebiete.

Ezzelino da Romano (Ezzelino III. da Romano; 1194–1259), ghibellinischer (kaisertreuer) Feudalherr in der Mark Treviso.

Was Capitano, der erste Vorsteher der Brüder und Schwestern der Unerschütterlichen Haltlosen den Brüdern und Schwestern nie erzählte, ist seine Freude am Besitz des Zweifels. An ihm nagen nicht die Zweifel, wie es so heißt. Zweifel sind für ihn nicht der Fahrplan in die Hölle. Seine Zweifel führen ihn in stiller Verbundenheit mit seinem fernen arabischen Freund Muhammad in das Land der Unverzagten und Gedemütigten, in die Stadt derjenigen, die sich gegenseitig ermutigen, IMMER WIEDER TUN, WAS EIGENTLICH NICHT GEHT!

Hinweis:

Zum Verständnis des Lesers: Zu einer Freundschaft gehört die Tradition behutsamen Sprechens.

VIII.
Muhammad, der Palästinenser und Capitano, der erste Vorsteher der Brüder und Schwestern der Unerschütterlichen Haltlosen

Der Wohn- und Wirkungsort Muhammads: Palästina im Zeitalter der Kreuzzüge (1099 bis 1291).

Kreuzzüge? Von Papst Urban dazu aufgerufen, *„Gott will es!"* Katholische Christen wandern Ende des 11. Jahrhunderts von Europa nach Palästina. Jerusalem wird Mittelpunkt eines Kreuzfahrerstaates, der bis 1291 besteht. Nach 39tägiger Belagerung nehmen die Kreuzfahrer am 15. Juli 1099 Jerusalem ein. Unter den Moslems und Juden richten sie ein Blutbad an.

Der ägyptische Saladin, Sultan von Ägypten, Syrien und Palästina (1137 bis 1193) schlägt die Kreuzfahrer 1187 und besetzt später Jerusalem.

Seine Frömmigkeit, Gerechtigkeit und Güte für die Bewohner seines Reiches brachten eine Zeit des Wohlergehens. So fanden tausende Juden, die vom christlichen Fanatismus verfolgt waren, in seinen Ländern Asyl. Ein Kapitel der Toleranz.

Hinweis:

Jerusalem. Yerushalayin, die hochgebaute Stadt, Wohnort des Friedens. Arabisch: El Quds, die Heilige.

Capitano, der erste Vorsteher der Brüder und Schwestern der Unerschütterlichen Haltlosen sitzt, die Augen geschlossen, die Hände über seinem Kopf gefaltet, in einem Olivenhain. Ein paar Meter weiter hört er Muhammad Weisungen an seine Frauen erteilen, während die erste Frau, Dada, die Erde um einen Weinstock herum lockert.

Seit Monaten hält sich Capitano in Jerusalem auf. Es ist inzwischen Sommer geworden. Il Capitano nutzt jede freie Minute, die ihm seine vorläufige Mission als beauftragter Fernkaufmann und Vorsteher der Kaufmanngilde der Stadt Padua sowie als geheimer Beauftragter des Großen Rates von Venedig übrig lässt, sich in der Nähe Muhammads oder in der Familie dieses großartigen, stillen und frommen Miskin aufzuhalten.

Muhammads sehr kleines Anwesen heißt mudagganum, was so viel bedeutet, wie DIE MAN WOHNEN UND WIE GEWOHNT LEBEN LÄSST.

Heute ist seine Familie fast vollständig versammelt, ausgenommen Zohra, die zierliche Schöne, seine jüngste, gerade siebzehnjährige, vierte Frau im Bunde. Diese arbeitet vormittags als Zimmermädchen in einem Hotel für Fernreisende, in dem auch Muhammad angestellt ist. Muhammad (60 Jahre alt) hat vier Frauen und sechs Kinder; das siebte Kind soll ihm die siebzehnjährige, anmutige Zohra austragen. Sie ist bereits schwanger.

Hinweise:

Fernkaufmann? Schon Otto I. zog bedeutende Spezialisten für Handel mit den Moslems zu Rate, u. a. einen berühmten arabischen Fernkaufmann namens Ibrahim-Ibn-Jakub.

Auch im 13. Jahrhundert bedienten sich die Bruderschaften der Kaufleute, die Podestà und die Signori immer wieder solcher Spezialisten oder erfahrener Männer aus ihren eigenen Reihen. Jede Stadt, jeder Staat möchte am Handelsaufschwung teilhaben. Venedig ist im 13. Jahrhundert die reichste Stadt Europas.

Zum Verständnis des Lesers: Miskin? Was im Arabischen Miskin, ist im Französischen Mesquin, und im Italienischen Meschino, DER ARME, der Elende. Ya miskin ist der vollständig Mittellose.

Für Muhammads Tätigkeit im Hotel ist sein einziger Kommentar: *„Meine Tätigkeit ist bescheiden aber nützlich und macht mir Freude!"*

Zohra? Il Capitano, der erste Vorsteher der Brüder und Schwestern der Unerschütterlichen Haltlosen:

„Mit Zohra verbindet Muhammad körperliche Liebe, die sehr wohl von Zuneigung und Verantwortung begleitet ist. Um das Empfinden meines Freundes Muhammads für Zohra wiedergeben zu können, muss ich aus seinen Versen über Zohra

zitieren: EBEN NOCH SANFT UND STOLZ, GEHST DU MIT KÜHLER SCHULTER, SANDELHOLZ (casi aim pez de sándalo te vas frio desdén sàndalo!) Dieses Gedicht ist entstanden auf einer Reise durch Andalusien.

Mit seiner ersten Frau, Dada, verbindet Muhammad vor allem die sinnliche Zuneigung, aber auch das Häusliche, das Muhammads Leben in vielfältiger Weise bestimmt. Das Haus ist ihm zugleich Palast und armselige Hütte. Mit allen seinen vier Frauen steht er in einem Freundschaftsbund, der aus Not herausgewachsen ist."

Das Gespräch, das sich gerade entwickelt, während in kleinen Gläsern Pfefferminztee gereicht wird, beginnt mit einem Bericht Muhammads über seinen ältesten Sohn Hassan, der nach vielen Irrungen und Wirrungen an der Nizamijja, in einer der frühen theologischen Schulen von stringenter sunnitisch-orthodoxer Ausrichtung, studiert.

Hinweis:

Ein Zahirit ist ein Gelehrter und muslimischer Fundamentalist, der nur den Koran als Grundlage des Glaubens anerkennt und keine weitere Auslegung der Schriften zulässt.

Der Zahirit habe den Sohn während eines teilweise schriftlichen Examens über den Koran gefragt,

"Sage, Hassan, warum schreibst du so viel? Die großen und weisen Gelehrten haben ihre Gedanken, mit denen sie die Welt veränderten, auf einer Viertelseite untergebracht!"

Daraufhin habe ihm Sohn Hassan geantwortet:

"Großer und ehrwürdiger Zahirit, die haben ja auch nicht Theologie studiert!"

Der Zahirit sei zuerst erschrocken gewesen. Er habe dann gelächelt und geantwortet:

"So schreibe, bis dir die Hand wegfällt. Es ist immer noch zu wenig geschrieben, was hätte bewiesen werden müssen!"

Hinweise:

Nizamijja? Eine der frühesten und berühmtesten Theologischen Schulen (Medressen) von streng sunnitisch-orthodoxer Richtung, im Kalifat gegründet (1065).

Das Lehrprogramm war der Koran. Armen Studenten wurde von Staats wegen Unterstützung gewährt. Unterrichtung, Beherbergung und Versorgung der Studenten erfolgte unentgeltlich. Die Schulen hatten Quartier, Bibliotheken, Küche, Bäder und Spitale.

Die Studenten saßen zum Unterricht auf Strohmatten. In deren Mitte saßen ein Dozent, ein mudaris, und die Assistenten.

Täglich, zur Mittagszeit, nimmt Muhammad seine Arbeit im Hotel, in den Aufenthaltsräumen der Gäste und in den Schlafräumen auf. Sie besteht in der Begrüßung und in der Bedienung der Gäste, dem Servieren der üppigen Mahlzeiten und Getränke und in der Kontrolle des Hauspersonals, was ihm keine Sorgen bereitet, da offensichtlich das einzig tätige und verfügbare Hausmädchen (neben Küchenpersonal und Leitung) seine vierte Frau, Zohra, in seine Zuständigkeit fällt, Zohra, die willig und unsichtbar für die Gäste ihren Dienst tut. Jedes Mal wird es Spätmitternacht, bis die letzten Gäste ihre Wünsche befriedigt sehen und ihre Schlafstätten aufsuchen. Höflich und mit unendlicher Geduld geht Muhammad dieser Arbeit nach. Er erreicht sein Zuhause kaum vor Morgengrauen.

Capitano war einmal zu später Stunde mit einer Eskorte in Muhammads Haus, das sich im Süden von Jerusalem befindet, geführt worden. In angeregtem Plaudern mit der Bruderschaft der Hohen Schule vom Heiligen Theodor (Scuola Grande di San Teodoro) über den Neubau des Arsenale in Venedig, verlor Capitano das Gefühl für die Zeit.

Die Aufmerksamkeit des Capitano war völlig von Ausführungen über den Ausbau der Werften, von den Verbesserungen des Schiffsbaus und der Schiffsausstattung in Anspruch genommen worden.

Die Galeeren, auf die sich der venezianische Handel stützt, sollten künftighin mit moderneren und wirksameren Waffen aufgerüstet und das Personal über bessere Ausbildung in der Kunst der Navigation wehrhafter gemacht werden.

Nach weiteren Gesprächen über Wunder und die Unsitte des Reliquien-Handels seit Eroberung und Plünderung von Konstantinopel durch die Kreuzfahrer, war dem Capitano die Zeit ganz abhandengekommen.

Hinweise:

Bruderschaft der Hohen Schule vom Heiligen Theodor? Eine auf die Zeit des Heiligen Theodor zurückgehende Bruderschaft. Sie ist jedoch erst ab 1268 belegt. Zu Zeiten des Capitano führte sie noch den einfachen Titel Scuola Grande. Das Bruderschaftshaus steht heute noch. 1960 wurde die Bruderschaft neu gegründet.

Arsenale? Im Stadtteil Castello in Venedig liegende, im 13. Jahrhundert gegründete Groß-Schiffswerft. Eine verbotene Stadt.

In seiner Umgebung entwickelte sich vielfältiges Leben für Handel, Wirtschaft und Verkehr. Als Folgen entstanden Wohnhäuser für Seeleute und Werftarbeiter. Sozialwohnungen – die frühesten, die in Europa nachweisbar sind.

Venedig? Der rege Handel mit der arabischen, islamischen, vorderasiatischen Welt brachte wundersa-
me Dinge hervor, was auch ganz natürlich ist in einer
interkulturellen Begegnung. Sind es doch Erfahrun-
gen in einer neuen Welt.

Zu dieser Zeit erstaunten die Reisebeschreibungen
des Marco Polo die Menschen. Seine Heimat, das
weltoffene Venedig, war schon seit längerem be-
müht, sich zur größten Handelsmacht der Welt zu
mausern. Venedig besaß gewissermaßen ein Han-
delsmonopol für die mohammedanischen Länder,
über die vor allem der Seiden- und Gewürzhandel
lief. Die Republik hatte sich die Vorherrschaft im
östlichen Mittelmeer zu sichern gewusst.

Reliquienhandel? Nachdem Konstantinopel 1204
von Kreuzfahrern erobert und geplündert worden
war, hagelte es ein Unwetter von Reliquien auf Europa: Überreste von Heiligen, Staub, auf dem Heilige
angeblich gegangen waren, Grabstätten, Leichentü-
cher, Gegenstände des täglichen Bedarfs. In Ver-
kehrung des Wortes GUT ein gutes Geschäft. Nicht
einmal vor Mord und Totschlag schreckte man in
Europa zurück, sich solcher Reliquien zu bemäch-
tigen.

Konstantinopel? 1054 entzweiten sich römische Ku-
rie und Papst sowie der Patriarch von Konstantinopel. Man exkommunizierte sich gegenseitig. Die
Feindseligkeiten gipfelten in der kriegerischen Ein-
nahme Konstantinopels.

Die vordergründigen Ziele der Kreuzritter und der katholischen Kirche:

1. Eroberung der heiligen Stätten von Jerusalem.
2. Den Byzantinern zu Hilfe zu kommen.
3. Die zerstrittene Christenheit gegen Ungläubige zu einigen.

Die hintergründigen Ziele waren:

4. Hoffnung auf Besitz, schnellen Reichtum, Wohlhabenheit.

Die Kreuzzüge waren allesamt Raubzüge!

Eskorte? Eskorte durch das nächtliche Jerusalem: Gemeinsame Fahrt des Capitano mit Muhammad und mit den Brüdern der Hohen Schule vom Heiligen Theodor (Scuola Grande di San Teodoro).

Capitano findet sich erst wieder, als es gegen zwei Uhr in der Nacht ist. Auf dem Weg in die Stadt wundert er sich, weshalb die Stadtteile wie ausgestorben scheinen, Menschen sich weder in den Gassen noch auf den Plätzen aufhalten. Nicht einmal ein Obdachloser holpert über das Kopfsteinpflaster. Nur ein paar bewaffnete, reglose Gestalten sieht man vereinzelt in den Hauseingängen und Toröffnungen stehen.

Capitano, der erste Vorsteher der Brüder und Schwestern der Unerschütterlich Haltlosen:

„Warum tut sich nichts mehr um diese Zeit, wenn die drückende Hitze des Tages sich verflüchtigt hat?"

Muhammad: *„Ja, die Frage stellt sich! Du siehst richtig, Malwa!"*, antwortet Muhammad. In seinen traurigen Augen kann Capitano ablesen, wie sehr seine Frage ihn betroffen macht.

Muhammad: *„Ich hege keinen Hass, glaube mir. Ich bin eher traurig, wenn ich, Nacht für Nacht, nach schwerer Arbeit, meinen Heimweg vom Hotel zur Wohnung antrete. Zum Umfallen müde muss ich durch die leeren Gassen. Jedes Mal werde ich durch die Besatzungsmacht, deren Vertreter du bewaffnet in den dunklen Hauseingängen und Mauerwinkeln gesehen hast, gezwungen, von den Straßen die Steine aufzulesen und beiseite zu schaffen, die von Gepeinigten und Gedemütigten meines Volkes während des Tages nach den Besatzern geworfen werden! Capitano, mein Freund, ich bin nur ein einfacher Mann, der weder verbotene Bücher liest, noch gegen irgend einen Mächtigen Groll oder Hass hegt, und es ist nun mal mein Lebensrisiko und das Risiko jedes kleinen Mannes, jederzeit Opfer einer Entscheidung oder Unterlassung eines Mächtigen oder seiner Beamten und Soldaten sein zu können. Wir haben zu tun, was man von uns erwartet oder verlangt oder was uns die Not, die man uns angedeihen lässt, lehrt!"*

Während er so spricht, schreibt er in arabischer Schrift ein paar Wörter auf einen kleinen, graugeränderten Zettel. *„Und trotzdem!"* , fährt er fort zu sprechen, *„Es ist mein Wille und das Anliegen vieler Menschen, es ist unsere heilige Pflicht, es liegt im Wesen der Demut und unseres Seins, was ich dir in einem einzigen Satz in meiner Muttersprache auf dieses Blatt Papier schreibe: `IMMER WIEDER TUN, WAS EIGENTLICH NICHT GEHT!`"*

Muhammads feste Überzeugung ist, dass Not von Menschenhand oder -geist gemacht wird. Opferdienst der Ohnmächtigen:

„Der Mächtige bzw. der Wohlhabende duldet mich als schlichtes Gefäß, denn auch der niedrige Dienst bringt ihm Nutzen und Freude. Dieses Gefäß ist moralischer Qualität: Moral ist Mittel der Macht. Neben den gutartigen Spielarten des Reichtums gibt es auch die bösartigen, z. B. das gewaltsame Vorgehen der Habgierigen, die Vertreibung der Armen. Dem Armen bleibt nur der innere Reichtum wie Treue, Mitgefühl, Diensteifer, seelisch-geistige Qualitäten, die sich allerdings ebenso zum Nutzen der Reichen und Mächtigen in ein funktionales Ganzes eingliedern. Dem Armen, der größeren Reichtum nicht nachvollziehen kann, bleibt nur, dass er Reichtum nicht wünscht, sich in seine innere Welt zurückzieht. Mehr als alles andere bestimmen ihn das Dach über dem Kopf, die Arbeit, die Gefahren aus der Gesellschaft, der Tag und die Nacht und

die Zeit, die Komplexität der menschlichen Abhängigkeiten, die Mühen des Lebens überhaupt und der Tod.

Der Erlösungskauf eines Armen: Die Wohlhabenden bleiben nur wohlhabend, wenn sie den Armen das Credo, die zehn Gebote, die Kirchengebote, das Ave-Maria, die sieben Todsünden und die Sakramente beibringen. Das fordert von den Wohlhabenden Ausdauer und Geduld und von Seiten der Armen Eifer, der durch Züchtigung oder Belohnung angespornt werden muss."

IX.
Palazzo delle Regione (5):
Geheimes Treffen der Brüder und Schwestern
der Unerschütterlichen Haltlosen

Der Ehrwürdige Bruder Aufschneider von San Giorgio, Ritter von den Trittbrettfahrern, in der geheimen Sitzung der Unerschütterlichen Haltlosen im Jahr 1222:

„Ehrwürdige Brüder und Schwestern, was tut man nicht alles, um etwas zu tun, was man eigentlich nicht tun will, jedoch glaubt, tun zu müssen! Aus diesem Grunde und weil wir uns einer großen Aufgabe, die in unser Herz eingedrungen ist, der Gründung der Universität Padua, Il bò, verbunden fühlen, haben wir uns hier und heute versammelt."

Der Ehrwürdige Bruder Aufschneider von San Giorgio, Ritter von den Trittbrettfahrern, fährt fort zu sprechen, in seiner nur ihm eigenen Art, weder den Kopf bewegend, noch in irgendeiner Weise seine Gesichtsmuskeln beanspruchend:

„Der Bürgermeister von Verona, die Ritter Christi, die Möchtegern-Ritter (minores militis) und die Lombardische Liga werden Gift und Galle spucken, wenn sie von unserem erhabenen Vorhaben erfahren, über unsere geliebte Stadt Padua den Mantel der Würde zu hängen, indem wir ihr, zu groß für ein kleines Schiffchen, eine Eliteuniversität schenken wollen!"

Die Ehrwürdige Schwester von der Zitrone fügt folgerichtig hinzu: *„Was heute zu beschließen wäre!"*

„Noch haben wir nichts bewegt!", sagt Capitano, der erste Vorsteher der Brüder und Schwestern der Unerschütterlichen Haltlosen kritisch zu sich selber.

„Wie oft schon haben wir Pläne getüftelt, Produkte konzipiert, uns mit beschwörenden Worten gegenseitig ermutigt, Bleibendes zu schaffen; wie immer wird das enden wie der Versuch der Arbeiter von Commarecchio, die Sümpfe bei Commarecchio trocken zu legen."

Der Ehrwürdige Bruder Aufschneider von San Giorgio, Ritter von den Trittbrettfahrern; führt den Satz zu Ende, nachdem er wegen seines kleinen Wuchses von seinem Platz aufgestanden ist:

„Eine würdige Universität, deren Grundpfeiler und deren geistiges Erbe ..."

Der ehrwürdige Bruder Bruthenner von der Nörgelei und den Spitzfindigkeiten:

„... allen Bemühungen unserer Feinde zum Trotz."

Capitano, der erste Vorsteher der Brüder und Schwestern der Unerschütterlichen Haltlosen leise zu sich selber:

„Dieser Anspruch wird sich halten bis ans Ende aller Tage."

Der Ehrwürdige Bruder Aufschneider von San Giorgio, Ritter von den Trittbrettfahrern, ist irritiert und setzt erneut an, zu sprechen:

„Eine Universität, deren Fundamente und deren geistiges Erbe, allen Bemühungen unserer Feinde zum Trotz, bis ans Ende aller Tage den Einfluss Paduas in der Welt erneuern und festigen wird."

Der Ehrwürdige Bruder vom Dachstuhl des Lebens, singende Nachtigall der Sozialinspiration und Soziologie und die anderen Anwesenden geraten daraufhin aneinander:

„Ein geistiges Bollwerk gegen den Katharismus."

Der Ehrwürdige Bruder Wissenschaftlichkeitsfurzer, Dampfschraube für Arroganz und Intrige:

„Gegen den unheiligen Dualismus, der sich in die Köpfe der Tuchmacher von Venedig und Carpi eingeschlichen hat."

Der Ehrwürdige Bruder Schachtelknallfrosch, Erforscher der psychopathischen Gräte:

„Gegen die von Papst Lucius II. verurteilten Humiliati!"

Capitano, der erste Vorsteher der Brüder und Schwestern der Unerschütterlichen Haltlosen:

„Für eine neue Theologie. Anstelle bewundernswerten Geschwätzes und der Verachtung der Intelligenz und der Vernunft die Logik, den Diskurs, den Widerspruch und die Haltlosigkeit."

Die Ehrwürdige Schwester von der Zitrone:

„Wir werden Forschung und Lehre vereinen!"

Die Ehrwürdige Schwester vom vollautomatischen Wortwechsel, Hoheit mit Wind im Hintern:

„Den Wörterhändlern das Handwerk legen und der herkömmlichen Lebensgewohnheit den Humanismus entgegensetzen."

Capitano, der erste Vorsteher der Brüder und Schwestern der Unerschütterlichen Haltlosen:

„Und für die Baustellen der gotischen Kirchen den Schubkarren erfinden."

Der ehrwürdige Bruder Bruthenner von der Nörgelei und den Spitzfindigkeiten:

„Den haben die Mauren sich bereits erdacht und sich zu Nutzen gemacht."

Der Ehrwürdige Bruder vom Dachstuhl des Lebens, singende Nachtigall der Sozialinspiration und Soziologie:

„Und auch die Steinmetze auf den Baustellen in Frankreich, samt Flaschenzug und hydraulischer Säge."

Der Ehrwürdige Bruder vom Dachstuhl des Lebens hat bei einer Frankreichreise die Bauhütten in Chartres, Lyon und Raines besucht und dabei die Handwerker mit diesen Dingen hantieren gesehen.

Die Ehrwürdigste Schwester Klatschrose, Mutterschoß der Einswerdung mit Gott, zögerlich:

„Unserem Padua, Zuflucht der Leibeigenen, Bauern, Wanderbauern, Dörfler und der aus der Unterdrückung entflohenen Mörder, Diebe und aller anderen Übeltäter, der Armen Ritter, der Ehebrecher und der Meineidigen. Ihnen allen sei Gelegenheit zum Heil geboten, durch die zu erhebenden, saftigen Steuern."

Der ehrwürdige Bruder Bruthenner von der Nörgelei und den Spitzfindigkeiten hat sich längere Zeit zu Studienzwecken in Paris und Cluny aufgehalten und sich in Paris mit den Schriften der Chorherren von Stankt Victor beschäftigt:

„Gemäß den Schriften der Chorherren von Sankt Victor, insbesondere des Hugo, des Andreas und des Richard, werden wir im Rahmen des Machbaren die Freien Künste erweitern und die Bibelexegese auf wissenschaftliche Grundlage stellen."

Der Ehrwürdige Bruder Aufschneider von San Giorgio, Ritter von den Trittbrettfahrern, an seine vermeintlich guten Auslandsbeziehungen nach England erinnernd, ergänzt, indem er den Hals reckend Anselm von Canterbury zitiert:

„Und durch den Gebrauch der Vernunft verstehen lernen, was wir durch den Glauben bereits wissen."

Der Ehrwürdige Bruder Soziallandmaus, Frater Bestattungsinstitut der Sinnsprüche, holt Ruhe und Disziplin in die unfertigen Gemäuer zurück, indem er mit der ausholenden Geste eines Blumenmädchens, welches ein riesengroßes Gebinde überreicht, unbeeindruckt von den Ein- und Ausfällen der Brüder und Schwestern, wie folgt zelebriert:

„Unser Jahrhundert öffnet sich der Wissenschaft wie ein weites Scheunentor dem Einbringen des

Weizens. Das Düstere meidend, dem Verstande zugewandt, die Gespräche suchend, möge Padua ein Paradies werden, mit gerechten Gesetzen und unter zivilisierter Herrschaft, mit einer festen Währung, - ein Paradies mit friedvollen Straßen und großzügigen und prächtigen Palästen, eine niemals mehr versiegende Quelle des Wissens, der Beobachtung und der Erfahrung anstelle der Dogmen und einer durch Kirchenmacht verkürzten Wissenschaft, welcher jeder Reiz fehlt."

Capitano, der erste Vorsteher der Brüder und Schwestern der Unerschütterlichen Haltlosen:

„Eine wohlgefällige Art und Weise, etwas zu erträumen!"

Hinweise:

Podestà? Podestà (ital.) sind Bürgermeister, Vorsteher. In den norditalienischen Städten wandelt sich die Einrichtung der Podestà, die ursprünglich mit Barbarossas Bemühungen um die Durchsetzung seiner Macht verbunden war, zur bleibenden Institution. Unter dem Vorwand, namentlich die Guelfen und die Ghibellinen zu versöhnen, gewöhnen sich die Städte an eine Diktatur der Podestà und an die aristokratische Ordnung. Die Exekutive war fast immer Adeligen anvertraut.

Miles Christianus? (lat.), christliche Ritter, Ritter Christi der katholischen Kirche. Angesehener Ritterdienst, als wehrhafter Widerstand gegen die Glaubensfeinde eingerichtet.

Lombardische Liga? Im Jahr 1164 schlossen sich die Städte der Mark Verona auf Anregung von Venedig gegen die kaiserlichen Übergriffe zusammen. Die Lombardische Liga vertrat einen gemäßigten Guelfismus. Gegenspieler waren u.a. die Ghibellinen, die italienischen Anhänger staufischer Kaiser.

Papst Alexander III. bedroht im März 1170 durch die Bulle *„non es dubium"* alle, die den Zusammenhalt der Lombardischen Liga stören wollten, mit kirchlicher Zensur und Exkommunikation. Damit läutete Alexander III. (1159 bis 1181) die härtere Gangart des Papsttums gegen die Staufer Kaiser ein.

Alexander III. behauptete sich gegen Friedrich I., der ihn 1177, im Frieden von Venedig, als rechtmäßigen Papst anerkannte. So kam der Spruch auf, *„Eine Hand wäscht die andere!"*

Zu groß für ein kleines Schiffchen? Padua, in keinem Verhältnis zu seiner überragenden Universität stehend. Die Universität, zu groß für das kleine Schiffchen Padua.

Zum Verständnis des Lesers: Peto fantascientifico (ital.), ein fantasiewissenschaftlicher, utopische Furz.

Cultus humanitas (lat.), die Elite-Universität von Padua als Zentrum des Humanismus.

Milites Comacienses? Landritter aus den stark ver-
sumpften Gebieten um Comareccio und der Hafen-
stadt Comacchio im Po-Delta.

Die Erschließung des Hinterlandes über die Kanäle
und den Po führte das Land und die Stadt zu wirt-
schaftlicher Blüte. Jedoch wurden die Bewohner des
Comarecchio der Sümpfe und der Malaria lange Zeit
nicht Herr. Heute ein wundersames Gebiet, die Land-
schaft der Valli di Comacchio. Deren Mittelpunkt ist
das malerische Städtchen Comacchio. Es ruht auf 13
Inseln, zwischen Kanälen.

Katharismus? Aus dem Griechischen: Die Reinen,
die Katharer, eine vor allem in Norditalien sich ver-
breitende mittelalterliche Bewegung, die seit Mitte
des 12. Jahrhunderts auf den westeuropäischen
Raum übergreift und zum Teil heute noch Anhänger
hat. Von tiefer Feindschaft gegen das menschliche
Fleisch erfüllt, verdammt der Katharismus die Ehe
und Begattung. Er verurteilt generell den Genuss von
Fleisch, Fisch, Eiern, Käse. Als Gruppe sind die
Katharer in den Albigensern und Waldensern er-
kennbar.

Dualismus? Spielart des Katharismus. Die Lehre des
Katharismus gründet auf dem Dogma, Fleisch ist
vom Teufel, Geist ist von Gott. Der Dualismus
leugnet den Wert kirchlicher Sakramente und ersetzt
die Taufe durch Handauflegung. Der Mensch und die
Welt sind ein Werk des Teufels. Durch den Verzicht
auf Kinderzeugung soll die Welt zu Gott zurückge-
führt werden. Auf dem Katharischen Konzil von

Sankt-Felix-de-Caraman bei Toulouse (1167) setzt sich die Zweigötter-Lehre (Dualismus) durch, nach der zwei Disziplinen, Gott und Teufel, Gut und Böse, Himmel und Hölle gleichberechtigt die Welt regieren.

Die Katholische Kirche als die Satanskirche bekämpfend, setzen die Katharer zu ihrem Dualismus eine eigene Bistumsordnung ein.

Carpi? Eine 18 km von Modena entfernt gelegene Stadt.

Papst Lucius II., einer der durch Spaltungserscheinungen der Katholischen Kirche sowie Auseinandersetzungen mit dem Kaiser leidgeprüften Päpste.

Papst und Kaiser? Papst und Kaiser beanspruchen gleichzeitig die beiden Gewalten GEISTLICHE GEWALT DER KATHOLISCHEN KIRCHE IN ABGRENZUNG VON DER WELTLICHEN GEWALT (sacerdotium und imperium) jeweils für sich. Die päpstliche Theokratie kämpft gegen die weltliche und kaiserliche Allmacht und umgekehrt. In der karolinischen Tradition ist die kaiserliche Macht auf eine Polizeifunktion im Dienst der katholischen Kirche beschränkt. Sie ist der weltliche Arm der Kirche. Auf kaiserliche Seite bildet sich eine starke Theorie der Kontinuität der römischen Macht zugunsten des Kaisers heraus, das heißt, der Kaiser Barbarrosa tritt mit dem Papsttum verschärft in Konflikt, indem er behauptet, er habe das Imperium von Gott direkt erhalten und nicht vom Papst.

Humiliati? Humiliaten: Von der kath. Kirche als Ketzer benannte Bruderschaft, die freiwillig extreme Armut praktizierte; von Papst Lucius II. 1184 verurteilt. 1173 gründete der Lyoner Kaufmann Petrus Waldus die Bewegung der Armen von Lyon, später Waldenser genannt. Gleichzeitig bildeten sich in Norditalien Bruderschaften, die Humiliati, deren Mitglieder im Familienverband blieben, hier aber ein Leben in Armut und praktischer Handarbeit führten. 1184 verurteilte Papst Lucius II. die Katharer, Waldenser, Humiliaten unterschiedslos.

Haltlosigkeit? Imbecillitas, Levitas (ital.), Inconsistenza (ital.), Haltlosigkeit, Schwäche, Ohnmacht, Nichtigkeit, Wankelmütigkeit, Schwachköpfigkeit.

Wörterhändler, venditores verborum (lat.), *„Sie sprechen mehr beredt als wahr."*

Gegen die Wörterhändler zu Felde ziehen: Hier handelt sich um eine Bewegung, die ihren Höhepunkt in der Forderung des Hieronymus fand, eine allgemein verständliche Sprache ohne rhetorischen Firlefanz zu entwickeln. Dieser Forderung, die im lateinischen Mittelalter ungeheuerlich war, folgten neben zahlreichen Vertretern der Hagiographie auch Historiker.

Zunächst wurde dieses ernste Bemühen um einen klaren und einfachen Stil im Interesse der weniger Gebildeten von der Hagiographie aufgenommen. So hat Gregor von Tours sich der Umgangssprache seiner Zeit angenähert, weil die rhetorisch ausgeschmückte Sprache mit dem Niedergang der Bildung von vielen nicht mehr verstanden wurde.

Die einfache, alltägliche Sprache, deren sich die Verfasser erbaulicher Schriften bedienten, entwickelte sich in zwei Richtungen:

1. In die von der Verkomplizierung in die Vereinfachung geführte, allgemeine Sprache,

2. In die bäuerliche Sprache.

Viele Autoren der gebildeten Schichten schlugen einen Mittelweg ein. So auch Andreas Marchianensis, der empfiehlt, sich weniger über den Stil, als vielmehr über den Inhalt sich Gedanken zu machen.

Die mit den Mitteln der Rhetorik aufgeputzten Reden bergen häufig unerkannte Unwahrheiten in sich. Jedoch gibt es auch warnende Stimmen, die nicht künstlerische, also einfache Ausdrucksweise als Schaden für eine große Sache sehen. Sie fordern, man möge die Redekunst als Kampf für die Wahrheit sehen, weil sie sogar in der Verteidigung der Lüge Erfolg habe. Eine große Sache benötigt einen hochwertigen Stil zur Bearbeitung. Die Darstellung müsse der Würde des Stoffes entsprechen. Die Grundsatzfrage: Ist zur Darstellung der Wahrheit (welcher Wahrheit?) Rhetorik notwendig? Die Wahrheit sieht das Mittelalter als das höchste Ziel. Jedoch welche Wahrheit?

Humanismus? Das 11. Jahrhundert war eine Zeit der harten Naturen, der furchtbaren Leiden und der Fehden ohne Gnade. Wundert es, dass sich humanistische Stimmen laut taten.

Den Humanismus als frühe Loslösung von der katholischen Kirche zu betrachten, führt am Verständnis vorbei. Jedoch waren die großen Wegbereiter des Humanismus die Dichter (z.B.) Hildebert, Balderic, Rudolf und Petrarca.

Humanismus drückt eine allgemeine Geisteshaltung aus, die nicht einem besonderen Zeitalter vorbehalten ist.

Was gehört ursprünglich zum Humanismus?

1. Ein sauberes Latein, die Verwendung bestimmter rhetorischer Figuren und klassischer Zitate, der Gebrauch der Hexameter. So gesehen wäre das Mittelalter von Humanisten voll.

2. Das Ideal der Mäßigung, der des Freundschaftskultes und der Hinwendung zur Natur.

3. Als das entscheidende Element des Humanismus scheint sich nach und nach die Hinwendung zur Antike herausgebildet zu haben, was miteinschließt, dass man die Werte der Antike zurückgewinnen will, um eine letztgültige menschliche Norm zu entwikkeln.

Hierbei kann sich auch eine gewisse Verbohrtheit herausbilden, wie sie in den Schriften des Peter von Blois deutlich wird: *„Man gelangt nur dann durch das Dunkel der Unwissenheit zum Licht des Wissens, wenn man mit immer größerer Liebe die Werke der ALTEN wieder liest. Mögen auch die Hunde bellen und die Schweine grunzen. Ich bleibe doch ein Anhänger der ALTEN, Ihnen (den Lateinern, den Griechen, dem Altertum) gilt meine Sorgfalt, und jede Morgendämmerung sieht mich bei ihrem Studium."*

Der humanistisch geprägte Mensch ist der geschichtliche Mensch, der das Gewesene und die ALTEN für voll nimmt. Es kann sein, dass humanistisches Denken der Bildenden Kunst, der Ausbildung der Skulptur in Stein und der großartigen Kathedralen-Baukunst die geistige Basis lieferte.

Das Leitbild des vollkommenen Menschen erfüllte das 13. Jahrhundert. Es wurde für viele Menschen ein Leid-Bild.

„Das Bemühen des Humanisten sei auf Einsicht und Tugend gerichtet. Der Humanist spricht wenig und handelt viel. Er ist maßvoll, erwartet Lohn für die Erfüllung seiner Pflichten. Wenn er steht, fürchtet er den Fall. Wenn er stürzt, verliert er nicht die Hoffnung. Sein Sinn gehe nach Frieden, Ruhe, Gleichmaß (nihil est homini bonum nisi se bono), was etwa bedeutet: Der vom Grunde her gute Mensch kann vieles zum Guten wenden."

Hinweise:

Leibeigener? Homines de corpore, de capite, momines proprii. Dritter Stand. Das 13. Jahrhundert weist eine gegliederte, ständische Gesellschaft auf. Die Gegensätze von Reich und Arm, zwischen mächtigem Adel und Kleinadel führte den Städten unterschiedliche Gruppen von Menschen zu: Den Adel ebenso wie die Ritter und die Leibeigenen, aber auch Verfolgte, Gestrandete und Heimatlose.

In der Stadt verdanken viel Menschen ihren Aufstieg nicht der Sippe, dem Stand, der Geburt, sondern ihrer Tüchtigkeit, ihrer Persönlichkeit, oder ihrer Erscheinung.

Steuern? Kopf- und Personensteuer, Herdsteuer, Fenster-Licht-Steuer. Die Kopfsteuer, Caput (ital.) geheißen, hatte eine doppelte Bedeutung:

1. Die Steuer als solche.

2. Die Steuer, die einen kaputt macht. Sie war die eigentliche Einkommenssteuer, die alle Untertanen, ausgenommen der Adel und der Hohe Klerus, zu entrichten hatten.

Paris? Bedeutung von Paris: Gotik, Notre Dame, Louvre, Sorbonne. Gegen Ende des 13. Jahrhunderts war Paris die größte Metropole des nördlichen Europas.

Cluny? Das Kloster Cluny verdankt seine Entstehung der im Jahr 910 gegründeten Benediktinerabtei, dem Ausgangspunkt der großen Erneuerung des benediktinischen Mönchstums, woraus dann im 11. Jahrhundert auch die große Kirchenreform und mit ihr der Machtanstieg des Papstes hervorgingen.

Die burgundische Abtei Cluny strahlte anfangs als monastisches Reformzentrum auf das Abendland. Ihr letzter Abt, Petrus Venerabilis, war allerdings eher ein resignierter Weltflüchtling. Cluny wird auch Gebetsmühlen-Abtei geheißen, weil man dort unablässig betete, so dass man nicht mehr zum Nachdenken kommen konnte. Außerdem aß man dort zu viel.

HUGO von St. Victor? Abt ab 1049, veröffentlichte das Didascalicon de studio legendi (1128), eine bemerkenswerte WISSENSCHAFTSSYSTEMATIK der Frühscholastik.

Die Thematik umfasst dabei geistliche und weltliche Themenbereiche. Sie reicht von philosophischen Erörterungen bis zur Praxis der Medizin, des Ackerbaus, ja sogar der Tuchherstellung. Daneben erörterte Victor, welche Eigenschaften und Lerntechniken für ein erfolgreiches Studium nötig sind. Das Didascalicon gilt auch heute noch als glaubwürdig und praktikabel. Unter Führung des HUGO von St. Victor erlebte die Abtei den Gipfel ihres Wirkens.

Andreas von St. Victor? ANDREAS von St. Victor versuchte vergeblich die Bibelexegese auf eine wissenschaftliche Grundlage zu heben.

RICHARD von St. Victor? Richard vereinigte in sich Scholastik und Mystik (de trinitate).

Anselm von Caterbury? Anselm von Canterbury, Erzbischof, verfocht die Rechte der Kirche in England gegen Wilhelm II. und gegen Heinrich I. Er reformierte die Geistlichkeit und die Klöster. Am bekanntesten ist seine Schrift Prosologien, die den (sogenannten) ontologischen Gottesbeweise enthält, dessen Sinn bis heute umstritten ist. Die Schrift CUR DEUS - warum wurde Gott Mensch – begründete die Menschwerdung Gottes vornehmlich in der verletzten Ehre Gottes durch die Menschen. Gott im Mittelalter war eben ein ganz persönlicher und rundum menschlicher Gott.

Sokrates? Sokrates führte seine Dialogpartner in die Ausweglosigkeit: Philosophie und Wissenschaft entsprängen nach seiner Meinung aus dem produktiven Punkt der Erkenntnis des eigenen Nicht-Wissens.

Zum Verständnis des Lesers: Blumenmädchen? Fioraia (ital.). Die Geste eines Blumenmädchens in Venedig: Ein Liebender würde SEINER LIEBE WEGEN nicht einmal Gott sein wollen.

Alter Flitter?
Halt´ dich an mich, lustvoll einverleib´.
Freue dich an allem, was es gibt.

Würdevoll in Gangart, Außenschein betreib´.
Wie es Brauch hier, innen wie´s beliebt.
Trau dem Blumenmädchen, nicht der Dame.
Gemeinhin abgestumpft, ist sie so kalt wie schön.
Von sich selbst erfüllt, nimmt sie dich in die Arme,
schweinbar außer sich, mit hinkendem Gestöhn.

X.
Palazzo delle Regione (6):
Geheimes Treffen der Brüder und Schwestern
der Unerschütterlichen Haltlosen

Überzeugt von sich und seinen Theorien, ist Bruder Wissenschaftlichkeitsfurzer, Dampfschraube für Arroganz und Intrige, jedes Mittel recht, um als Vertreter der Geisteswissenschaften zu gelten. Zweifel und Ringen um Einsichten sind ihm verhasst. Verständnis, Mitgefühl und Toleranz sind ihm so viel wert, wie sie seinem Streben, von der Wissenschaftselite kooptiert zu werden, entgegenkommen. Ansonsten sind sie für ihn nur Hemmnisse, die seinem Wissenschaftswahn im Wege stehen und seine vermeintlich geistige Freiheit einschränken.

Der Holzbock, auf dem er reitet und der ihn keinen Schritt weiterführt, lässt im Kreis der Brüder und Schwestern ein Klima entstehen, das forsche Blender ebenso ermutigt, wie ängstliche Besserwisser oder die Zwerge der Macht. Die Gier, alles bestimmen, richten, kontrollieren und zu seinem Vorteil interpretieren zu müssen, und sein Zwang, Andersdenkende rigoros auszusortieren, erzeugt in ihm eine beängstigende, seelische und körperliche Spannung, die sich als ständiges Wetterleuchten in unkontrollierter und verzerrter Mimik und fahriger Gestik ableitet.

Hinweise:

Toleranz? Tolerare (lat.), dulden; das Gehenlassen eines Übels, weil dem zur Wahrung der Ordnung Berufenen der Verzicht auf Eingreifen klüger erscheint als der Versuch des Unterdrückens.

Als persönliche Toleranz ist das Hinnehmen dessen, was jemandem von anderen als Übel und Beeinträchtigung und Beschränkung widerfährt, zu verstehen.

Aber auch: Duldung anderer religiöser und weltanschaulicher Überzeugungen und Betätigungen. Toleranz kann zum Indifferentismus führen.

Indifferentismus? Vermeintliche Toleranz, in Venedig DIE FRAU DES OCHSEN, la femmina del bue (venez.) geheißen.

Im ursprünglichen venezianischen Verständnis, tolerieren: Zumindest die Erwartung, durch einen Wutausbruch niemanden des gewaltsamen Todes sterben zu lassen (toleràr, onde vuol dire, se non muoio di rabbia, se non iscoppio di rabbia).

Zwerge der Macht? Gemeint sind Beamte, das Beamtentum.

XI.
Palazzo delle Regione (7):
Geheimes Treffen der Brüder und Schwestern
der Unerschütterlichen Haltlosen

Das wackelige Motivationsgerüst des Ehrwürdigen Bruders Herr Wissenschaftlichkeitsfurzer,
Dampfschraube für Arroganz und Intrige, wird
vom Ehrwürdigen Bruder Bruthenner von der
Nörgelei und den Spitzfindigkeiten und der Ehrwürdigen Schwester Klatschrose, Mutterschoß
der Einswerdung mit Gott, gestützt.

Die Handlungsmaximen dieser unerschütterlichen Dreieinigkeit im Nominalismus sollen für
alle Schwestern und Brüder gleichermaßen als
allein gültige herbeigeführt werden.

Auf dem Weg dahin erregt sich der Ehrwürdige
Bruder Bruthenner von der Nörgelei und den
Spitzfindigkeiten gerne über die unverrichteten
Dinge, quasi in absolutistischer Manie, wobei er,
der vermeintliche Sachverwalter, scheinbar ob-
jektivierend Rufmord an einigen Brüdern betreibt
sowie persönliche und wegen ihrer Vagheit nicht
einlösbare Rechnungen serviert.

„Er ist Täter, Autoritäter!", sagt dazu der Ehrwürdige Bruder Prediger, Eminenz psychologischer Schrundenaufbeißer öfter mal.

Anstatt die jeweils gemeinsamen und zusam-
menführenden Elemente herauszustellen, wählt

er den Weg, den wohl jeder wählen muss, der wenig oder nichts von der enormen Gestaltungskraft derjenigen Menschen versteht, die Wahrheiten nicht nur erkennen, sondern auch erfinden können.

Übrigens eine einzig dem Menschen gegebene Kraft. So scheint es.

Der Ehrwürdige Bruder Bruthenner von der Nörgelei und den Spitzfindigkeiten untermauert seine Maximen mit der Notwendigkeit der Verwalterkatalepsie, mit Entscheidungszwängen der Administration sowie der absoluten Pflichttreue des Untertanen.

So verkauft er seine Ansichten wie ein Gockel, der die ungelegten Eier seiner Hennen als den Ausdruck seiner charakterlichen und geistigen Stärke verstanden haben möchte. Wie sich in der Regel keine Abnehmer für ungelegte Eier finden lassen, so können auch die Inhalte seiner Ansichten nicht herüberkommen. Es kommt nicht zum geistig befruchtenden Knall, jedoch hat er Wind im Hintern, hai el vento in pupa (venez.).

Hinweise:

Absolutistische Manie? Der krankhaft übersteigerte Versuch, gegenüber vermeintlichen Untertanen uneingeschränkte Macht ausüben zu können. In verschärfter Form: Despotismus.

Beamten-Katalepsie? Katalepsie meint Starrsucht. Beamten-Katalepsie: Eine krankhafte Verwalterstarr-sucht, wie wir sie in den Amtsstuben der Zwerge der Macht oft antreffen.

„Ist der Nacken hart, so bedeutet das, dass kein Unterschied zwischen Kopf und Rumpf besteht, dass eine starre Bewegungslosigkeit zwischen Geist und Körper vorhanden ist, wo eine bewegliche Harmonie sein sollte."

Autoritätsgläubigkeit? Eine sich nach und nach entwickelnde, unterwürfige Haltung. Vor allem obrigkeitsstaatliche Unterwürfigkeit. Mitunter auch die Neigung, bürgerliche Tugenden über zu bewerten.

Ehrerbietige Untertanen-Mentalität drückt sich in zugleich autoritärem wie auch unterwürfigem Wesen aus. Auch stark verbreitete Obrigkeitsfrömmigkeit und fanatische Gründlichkeit, bürokratische Kleinkrämerei, militanter Knechtssinn, übertriebene Disziplin, übersteigertes Pflichtgefühl.

XII.
Palazzo delle Regione (8):
Geheimes Treffen der Brüder und Schwestern
der Unerschütterlichen Haltlosen

In den Jahren ihrer Zugehörigkeit zur Bruder- und Schwesternschaft entwickelt die Ehrwürdige Schwester von der Zitrone eine ausgeprägte Neigung, Fragen zu stellen, für die sie schon im Voraus eine Antwort hat.

Es ist nichts dagegen einzuwenden, wenn Dinge und Handlungen hinterfragt werden. Ein Mensch, der es schafft, aus einer schlüssigen, jedoch beweispflichtigen Behauptung viele WENN und ABER herauszuschälen, ist ein Förderer der Kreativität und deshalb liebenswert. Er trägt wesentlich dazu bei, eine Entwicklung hemmende Autoritätsgläubigkeit zu verhindern.

Verführt von der Hinterlist des Teufels sind die Selbstdarstellungen der Ehrwürdigen Schwester von der Zitrone dann unerträglich, wenn sie sich mit dem Supermantel der Moral zieren, was in der Folge ausreicht, das Wort- und Sachwissen auf das Niveau einer Frau, die einen diffusen Dienstadel trägt, zu heben (ex officio, mixtio manuum).

Ja, alle Handlungsweisen, Fragen und Antworten von der Ehrwürdigen Schwester von der Zitrone dienen ausschließlich der vollkommenen Risikosicherung für den Fall, dass sie eigenverant-

wortlich handeln muss oder zum Handeln ge-
nötigt wird.

Wie ein Fischlein, das sich in große Gewässer
verirrt, ist sie extrem risikoscheu, wobei sie sich
weniger Gedanken darüber macht, ob sie von
den Haien gefressen werden kann, als vielmehr
darüber, ob ihr vielleicht das Wasser ausgeht.

Die Ehrwürdigen Schwester von der Zitrone will
keinerlei persönliches Risiko für sich und ihr Tun
übernehmen, jedoch bis ans Ende aller Tage für
alle Wechselfälle ihres Lebens abgesichert sein,
was sie mit Pflichterfüllung gleichsetzt. Sie ist
Beamtin. Beamte sind Zwerge der Macht.

Hinweise:

Ex officio? Im Mittelalter Dienstmänner, die einen
diffusen Dienstadel darstellten. Meist Emporkömm-
linge, die nach dem Ritual wie Knechte zu ihrem
Herrn und als Knechte zueinanderstehen. DIE
KLEINEN MACHEN DIE KLEINEN KAPUTT. Volks-
tümliche Sprüche dazu: Nach unten treten, nach
oben buckeln. Päpstlicher als der Papst. Vasallen,
durch Lehensvertrag mit ihrem König verbunden. So
legte der Vasall seine gefalteten Hände in den Schoß
des Königs oder der Kirche (mixtio manuum) und
verpflichtete sich zur Treue.

Zwerge der Macht? Auch der Kommunismus (20.
Jahrhundert) in der ehemaligen Sowjetunion konnte
sich nur deshalb halten, weil es mehr Kader (Zwerge

der Macht, Beamte) als Soldaten gab, und nicht durch die arbeitende Klasse. In diesem Sinn ist es schwer – so sagt der Venezianer – etwas einzurenken oder auf den richtigen Weg zu bringen.

Glauben ist förderlicher als zweifeln. Gefördert wird letztendlich, wer glaubt, nicht, wer zweifelt. Und wer immer es nicht versteht, mit Glauben in der Hierarchie Ansehens-Zuwächse zu erheischen, der kann sich ohne Trost nach einem anderen Fahrwasser umsehen. Er wird keinen Meter weiterkommen und von Mal zu Mal schwächer werden.

Der Ehrwürdige Bruder Prediger, seine Eminenz psychologischer Schrundenaufbeißer ist einer jener treuhänderisch der Hagiographie dienende Vertreter des Unwesens der Psychoanalyse und Supervision, welche sich im ghibellinischen Einflussbereich zunehmend verbreitet.

Er ist einer der Nutznießer der gepeinigten Überanpassungskrüppel, die diese unsere Gesellschaft zuwege bringt. Dieser Berufsstand lässt sich bezahlen, was die Gesellschaft vermasselt.

Es ist schon erstaunlich, wie viele Menschen zu ihnen pilgern oder in ihre Betreuung gezwungen werden, obwohl psychologische Schrundenaufbeißer, wie sie im Volksmund genannt werden, eigentlich nicht viel mehr zu bieten haben, als bezahlte Zeit und kultivierte Sprachlosigkeit.

„Psychoanalyse ist der Versuch, im Nachhinein Fehler zu begehen, von denen man erstmals aus den Worten des Psychoanalytikers gehört hat.",

sagte ein Hakim während einer Reise durch das maurische Andalusien zu Capitano, dem ersten Vorsteher der Brüder und Schwestern der Unerschütterlichen Haltlosen.

Oh, Mensch, HOMO INTELLIGIBILIS, gegen die Regeln des Zwiegespräches dürfen nur die Einfältigen und Ungebildeten im Volk verstoßen. Ihnen sind die Heiligen wohlgesonnen.

Den Heiligen sind Kummer und Sorgen zugänglich, da nur ein toter Christ ein vollkommener Christ sein kann.

Supervision? Aus dem standardisierten Verfahren der Inquisition (Verurteilungsrituale der katholischen Kirche):

Hinweis:

Homo Intelligibilis? Oh Mensch, der du Gegenstände erfasst, die nur über den Verstand oder Intellekt erfasst werden können, da sie der Sinneswahrnehmung nicht zuträglich sind.

Meide Gegenstände, die nur über den Verstand oder Intellekt erfasst werden können. Sie vergiften die Leber und führen zu Bauchfett.

Nur für Eingeweihte:

Frage: *„Wie lange bist du im Fegefeuer?".*
Antwort: *„Licht, Dunkel, Schreie, Tränen, Hitze,*
großer Lärm, heiliger Ort. Die Hoffnung verloren
an einem Ort voller Schlangen!" (Nix, nox, vox,
lachrymae sulpur, sistes, aestus. Malleus et
stribor, spes perdita, vincula, vermes).

Frage: *„Welche Qualen hast du als besonders*
heilsam empfunden?". Antwort: *„Licht, Dunkel,*
Schreie, Tränen, Hitze, großer Lärm, heiliger Ort.
Die Hoffnung verloren an einem Ort voller
Schlangen!" (Nix, nox ...).

Frage: *„Warum bist du zu ewigen Qualen ver-*
urteilt? Antwort: „Licht, Dunkel, Schreie, Tränen,
Hitze, großer Lärm, heiliger Ort. Die Hoffnung
verloren an einem Ort voller Schlangen!" (Nix,
nox ...).

Frage: *„Wozu bist du hergekommen in die Welt?"*
Antwort: *„Licht, Dunkel, Schreie, Tränen, Hitze,*
großer Lärm, heiliger Ort. Die Hoffnung verloren
an einem Ort voller Schlangen!" (Nix, nox ...).

In diesem Zusammenhang sei über diese, dem
Capitano suspekten Vorgänge eine Beobachtung
erwähnt. Alles, was unter diesem Vorzeichen
gesagt, getan und empfunden wird, ist von einer
reanimierenden, kultischen Ekstase erfasst.

Die reanimierenden Bemühungen des Supervisors treten als befremdliche Vater- oder Mutterfunktion in Erscheinung. In dieser Vater-Kind- oder Mutter-Kind-Beziehung wird der Tod der ersten Lebensphase, der Kindheit, durch rituale Opferungen der Kindheitserlebnisse nachvollzogen. Alles, was danach kommt, sind nur Analogien.

Der Supervisor verliert sich ebenso wie der Psychotherapeut zwangsläufig in das Schicksal des ARGOS, des hundertäugigen Wächters, des ALLES-SEHERS. Argos war bekanntlich ein riesiges Ungeheuer mit hundert oder mehr Augen am ganzen Leib, so dass er in alle Richtungen gleichzeitig schauen konnte, zumal immer nur ein Augenpaar zu gegebener Zeit schlief.

Hinweis:

Dazu der Begriff: Argus-Augen.

XIII.
Palazzo delle Regione (9):
Geheimes Treffen der Brüder und Schwestern
der Unerschütterlichen Haltlosen

Capitano, der erste Vorsteher der Brüder und Schwestern der Unerschütterlichen Haltlosen:

„Die historische Entwicklung der Geisteswissenschaften wurde zu allen Zeiten begleitet von einem Werden und Vergehen modischer Erscheinungen und von Psychomachie, zu Hilfe und Rat (auxilium, consilium), was für den Menschen gut und was nicht gut sei."

Hinweise:

Psychomachie? Bellum intestinum (lat.) Seelenkampf, ursprünglich Kampf gegen die Sünde, indem die Tugenden der Reinheit zu Hilfe gerufen und beschworen werden. Wider die sittlichen Mängel der Persönlichkeit in den Grenzen der Innenwelt. Widerstreit zwischen den großen Mächten Laster und Tugend.

Psychomachie in ihrer mythischen Funktion: Rein wie ein Engel, der gerade vom Himmel herabgestiegen ist. In der mittelalterlichen Tradition: Gegen das vom Antichristen (Teufel als Gott) geführte Heer der Laster.

Während Capitano, der erste Vorsteher der Brüder und Schwestern der Unerschütterlichen

Haltlosen dieses vor den versammelten Brüdern und Schwestern vorträgt, geht ihm durch den Kopf, dass er im Augenblick gerne von Gauklern, Spielleuten, und dem satirischen Minnesänger Reinmar von Zweters (geboren um 1200), dem deutschen Spruchdichter von wahrscheinlich ritterlicher Herkunft, umgeben sein wolle.

Hinweise:

Reimar von Zweters? Es war eine Zeit der extremen Mobilität des Fahrenden Volkes. Heiligenfestblutige Gerichtstage, sowie spektakuläre Hinrichtungen und Verbrennungen durch Vertreter der katholischen Kirche waren an der Tagesordnung und immer von Komödianten, Gassenspielern und Narren begleitet.

Der Sesshafte reagierte heftig und feindselig gegen solches Gesindel. Zugleich fand dieses Gesindel auch Bewunderung, da ihm der Ruch von der großen, weiten Welt, von Abenteuer, fremden Ländern und Geheimnissen anhaftete.

Ihre Darbietungen waren ebenso wie die Hinrichtungen und Verbrennungen als Unterhaltung gefragt, da sie legal mit Lustbarkeiten, erotischen Exzessen und untergründig sexuellen Zurschaustellungen verbunden waren.

Capitano, der erste Vorsteher der Brüder und Schwestern der Unerschütterlichen Haltlosen:

„Lehrmeinungen wurden den Menschen fast immer als zwingende Lebens- und Verhaltensregeln aufgetischt, teils mit, teils ohne körperliche Gewalt, jedoch immer gegen die vermeintlich sittlichen Mängel der Persönlichkeit in den Grenzen einer jeweils machtbesessenen, moralischen Welt.

Die spekulativen Geisteswissenschaften rumoren, um viel Wind zu machen. Sie sind zutiefst verunsichernd. Sie haben ihr Problem darin, dass sie wie besessen nach einer CONSTITUO REM PUBLICAM suchen, nach der absoluten Sinnhaftigkeit, Schlüssigkeit und Widerspruchsfreiheit allen Denkens, Handelns und ihres zusammenhängenden Erbes.“

Der Ehrwürdige Bruder Wissenschaftlichkeitsfurzer, Dampfschraube für Arroganz und Intrige, widerspricht den Ausführungen des Capitano mit der ihm gegebenen körperlichen Aufgeregtheit:

„Was wir jetzt brauchen, ist eine geisteswissenschaftliche Pädagogik, eine die nach innen gerichtet ist, die uns zu Eingeweihten macht und die dem Uneingeweihten zwar Maßstab, aber nicht Eigentum ist.“

Hinweis:

Maßstab, aber nicht Eigentum? Für den Eingeweihten Symbiose von Eigentum, Macht und Einfluss.

**Der Ehrwürdige Bruder Wissenschaftlichkeits-
furzer, Dampfschraube für Arroganz und Intrige:**

*„Hierbei müsste gewissermaßen alles geheim
bleiben, was rational nicht erklärt werden kann.
Anders vermerkt: Wir erklären als geheim und
unser alleiniges Geheimnis, was wir nicht wissen
und was von uns nicht erklärt werden kann.
Dabei ist mir völlig klar, dass Geheimnis etwas
ist, das einem anderen nicht mitgeteilt werden
darf, obwohl man es mit weniger Worten sagen
könnte: Unser Geheimnis ist, dass wir nicht
wissen, was unser Geheimnis ist. Insofern ist
unser Geheimnis, welches wir nicht wissen, eine
Geheimwaffe gegen alle, mit denen wir unser Geheimnis nicht teilen.*

*Meine Brüder und Schwestern, arcarnum (lat.),
Geheimnis bedeutet ursprünglich das Eingesperrte. Halten wir es wie die Theologen."*

Hinweise:

In einen Kasten eingesperrtes? Arcanum (lat.),
Geheimfach. Arca (lat.), Kasten, Lade, Kasse, Ge-
fängniszelle, Sarg. Ventris? Mutterleib. Arcanus
(lat.,), verschlossen, verschwiegen, geheim.

Nur für Eingeweihte:

Glaubensgenosse DUMM:
Nicht so schlimm.
Ich scher´ mich den Teufel d´rum.

Armer Teufel.
Ich bin in der Klemme,
um es mit Kant-Irgendwem zu sagen.
Welche Zukunft habe ich?

Der Ehrwürdigen Bruder Prediger, seine Eminenz psychologischer Schrundenaufbeißer nickt zustimmend und führt die Gedanken des Ehrwürdigen Bruders Wissenschaftlichkeitsfurzer, Dampfschraube für Arroganz und Intrige mit herber Stimme fort:

„Bruder Wissenschaftlichkeitsfurzer, so betrachtet sind auch Theologie und die Psychologie Geheimwissenschaften. Die Psychologie strebt danach, alles im Menschen Eingesperrte zu befreien. Dieses ist ein individuelles Erleben und mit Worten an sich nicht erklärbar. So ist der Mensch ein Gefängnis, in dem eingesperrt ist, was wir nicht wissen."

Einen tiefen Zug aus seiner Pfeife nehmend, meldet sich förmlich der Ehrwürdige Bruder vom Dachstuhl des Lebens, singende Nachtigall der Sozialinspiration und Soziologie zu Wort, unter den Brüdern der bedeutendste Vertreter des Universalismus und Realismus seiner Zeit in Padua.

Hinweis:

Universalismus? Eine soziologische Lehre, die das Ganze gegenüber dem Einzelnen als das Erste und

Ranghöhere ansieht. Der Einzelne (das Individuum) als geistig-sittliches Wesen kann nach der Meinung des Ehrwürdigen Bruders vom Dachstuhl des Lebens, singende Nachtigall der Sozialinspiration und Soziologie, als Glied eines überindividuellen Ganzen gedacht werden. In diesem Überindividuellen ist die Eigenständigkeit der Person gefährdet.

Als erklärter Freund aller Menschen versucht der Ehrwürdige Bruder vom Dachstuhl des Lebens, singende Nachtigall der Sozialinspiration und Soziologie, den Ausführungen seines Bruders Aufschneider von San Giorgio, Ritter von den Trittbrettfahrern und den Ausführungen des Ehrwürdigen Bruders Wissenschaftlichkeitsfurzer, Dampfschraube für Arroganz und Intrige, einen humanen Anstrich aufzutragen:

„Das Wissen über den Menschen kann sich mehr oder weniger jeder aneignen. Das Erleben eines anderen Menschen bleibt dem Eingeweihten, dem, der sein Vertrauen genießt, vorbehalten."

Der Ehrwürdige Bruder Wissenschaftlichkeitsfurzer, Dampfschraube für Arroganz und Intrige:

„So gesehen kann die Psychologie Geheimnisse aus dem Menschen nur herauszwingen, während wir geisteswissenschaftlichen Pädagogen (wie auch die Theologen insbesondere) die oberste Pflicht, ja, die missionarische Aufgabe haben, in den Menschen etwas hinein zu zwingen, und ihn hernach danach zu beurteilen und zu fördern, ob

er das, was geheim ist, begreift, oder anders ausgedrückt, ob er bewahrt, was wir nicht wissen?"

Hinweis:

Hineinzwingen? In einen Menschen etwas hineinzwingen?

Cartull Carmen: *„Denn alles, was Menschen anderen Menschen Gutes sagen oder tun können, ist von dir gesagt und getan. Das alles ist verloren, weil es einem undankbaren Sinn anvertraut ward. Weshalb sollst du dich also weiter martern? Wieso wirst du nicht fest in deinem Geist, ziehst dich von hier zurück und hörst auf, gegen den Willen der Götter unglücklich zu sein?"*

Der Ehrwürdigen Bruder Prediger, seine Eminenz psychologischer Schrundenaufbeißer:

„Es gibt keinen wissenschaftlichen Nachweis, dass es für den Menschen gut sei, ihm etwas reinzudrücken, damit eine Persönlichkeit in unserem Sinne aus ihm wird. Es bedürfte vieler Tricks oder gar des Totschlags, um den Menschen auf diese Weise zum vollkommen erblühten Menschen zu erziehen."

Der Ehrwürdige Bruder vom Dachstuhl des Lebens, singende Nachtigall der Sozialinspiration und Soziologie:

„Die Konsequenz wäre zu gewaltig. Der einzige Hinweis auf Geheimnisse überhaupt gibt die reale Existenz des Menschen. Nur diese. Ohne den Menschen gibt es keine Geheimnisse. Etwas ist ein Geheimnis durch den Menschen."

Der ehrwürdige Bruder Bruthenner von der Nörgelei und den Spitzfindigkeiten, über Minuten der Anteilnahme Wut anhäufend, unterbricht die ihm lästigen Ergänzungen seines obersten Erzrivalen, des Ehrwürdigen Bruders vom Dachstuhl des Lebens, singende Nachtigall der Sozialinspiration und Soziologie.

Bekanntermaßen ein aufrechter Nominalist und deshalb Kontrahent des Ehrwürdigen Bruders vom Dachstuhl des Lebens, singende Nachtigall der Sozialinspiration und Soziologie, entgegnet der Ehrwürdige Bruder Bruthenner von der Nörgelei und den Spitzfindigkeiten:

„Die Rätselfrage, die sich hier stellt, (Ich meine, mir ist es egal, ich will es nur gesagt haben, damit man mir später nicht den Vorwurf macht, es nicht gesagt zu haben), die Rätselfrage also ist ziemlich simpel: Wir hier, die Anwesenden, die Brüder und Schwestern, können bestimmen, was richtig oder falsch, was die Wahrheit ist, was als geheim und was als öffentlich einzustufen ist. Wenn jeder von uns macht, was er will, wo kämen wir da hin. Wo sind sie, die Oberfaulenzer, die bei ihren Pflichten durch Abwesenheit glänzen?"

Um seinen Worten Nachdruck zu verleihen, fügt er hinzu: *„Die sollen nur sehen, wohin das führt. Schließlich gibt es systemische Regeln und eine Disziplinar-Ordnung. Außerdem machen wir uns lächerlich bei der Verwaltung der zu gründenden Universität."*

Der Ehrwürdige Bruder Aufschneider von San Giorgio, Ritter von den Trittbrettfahrern erwidert:

„Ist dies eine spezielle Form systematischer Regeln und Normen, diejenigen Brüder und Schwestern, die sich dem Lämmerdienst von Cluny entziehen, als Oberfaulenzer zu bezeichnen und demnächst vielleicht als an der Brust rot behaart und mit Hufen an den Beinen zu verdächtigen?

Hinweis:

Lämmerdienst von Cluny? In Cluny lernte der Ehrwürdige Bruder Bruthenner von der Nörgelei und den Spitzfindigkeiten das Gebet, den zuchtvollen Gehorsam und die Kontemplation kennen. Cluny wurde spöttisch auch die Gebetsmühlenabtei genannt. Man betete dort unablässig, so dass man nicht mehr zum Nachdenken kommen musste. Man ließ andere für sich arbeiten. Es wurde berichtet, die Mönche äßen zu viel.

Von den Brüdern und Schwestern werden die Ausführungen des Ehrwürdigen Bruders Brut-

henner der Nörgelei und den Spitzfindigkeiten als DIE ALTE LEIER erlebt.

Hinweis:

An der Brust behaart und mit Hufen an den Beinen? Der Teufel. Nachweis eines sicheren Zeichens, dass man mit dem Teufel im Bunde sei. Teufel: Endzweier, Verleumder, Widersacher, jener Engel, der sich freiwillig und unwiderruflich der Gnade Gottes verschlossen hat. Auch: Gott des Bösen, Gottheit Teufel. Widersacher Gottes.

Der Ehrwürdige Bruder Aufschneider von San Giorgio, Ritter von den Trittbrettfahrern:

„Und im Übrigen gilt es zu unterscheiden zwischen Geschäftigkeit und Produktivität. Geschäftig ist noch lange nicht produktiv und Produktivität muss nicht unbedingt mit Betriebsamkeit einhergehen."

Der Ehrwürdige Bruder Aufschneider von San Giorgio, Ritter von den Trittbrettfahrern, fährt stoßweise fort: *„Auch sind die verborgenen Schätze eines Menschen..."*

Der Ehrwürdige Bruder Bruthenner von der Nörgelei und den Spitzfindigkeiten fährt dazwischen:

„...die ihnen, Bruder Aufschneider ein steifes Genick bereiten ..."

Der Ehrwürdige Bruder Aufschneider von San Giorgio, Ritter von den Trittbrettfahrern fährt unbeirrt – quasi als Inquisitor - fort: „*Auch sind jene, im Wesentlichen verborgenen Schätze eines Menschen, die mir manchmal ein steifes Genick bereiten und sich ihrer Wahrnehmung, Ehrwürdiger Bruder Bruthenner von der Nörgelei und den Spitzfindigkeiten, anscheinend entziehen, für den Weg der Erkenntnis nicht zu gering einzuschätzen.*

Hinweis:

Inquisitor? Inquisitio (lat.), Untersucher im Auftrag der Institution Katholische Kirche. Darauf folgende staatliche und kirchliche Verfolgung von vermeintlichen Ketzern zur Reinhaltung des Glaubens und der Glaubenslehre, benannt nach dem angewandten Verfahren des Inquisitionsprozesses, der von Psychoterror, Gehirnwäsche, körperlichen Qualen, Folter und Zurschaustellung bzw. zur Schau gestellter Tötung (Verbrennung, Ertränken usw.) nicht zurückschreckte. In allen absolutistisch-theokratisch geführten Staaten als Gefahrenpotential für den Menschen anzusehen. Für die Inquisition wurden Vorzugsweise Dominikaner-Mönche eingesetzt. Die Umstände der sog. Heiligen Inquisition waren ein Paradies für Denunzianten, Gewinnsüchtige und sexuell Verklemmte, da diese in den Prozessen unbenannt (anonym) blieben und deshalb nicht zur Rechenschaft gezogen werden konnten. Das katholische Inquisitionsverfahren hielt sich bis ins 19. Jahrhundert.

Homo sociologicus. Ein soziologisch denkender und ausgebildeter Mensch.

Der Ehrwürdige Bruder vom Dachstuhl des Lebens, singende Nachtigall der Sozialinspiration und Soziologie:

„Als homo sociologicus muss ich immer wieder darauf hinweisen, dass nach gruppensoziologischer Sichtweise sowohl a) Sympathie als auch b) Antipathie Menschen verbindet, was durch viele Ehepaare, die ein Leben lang zusammen bleiben, obwohl sie sich nicht ausstehen können und sich das Leben zur Hölle machen, bewiesen ist, und c) dass nicht nur derjenige, der die Verhaltensregeln einer Gruppe am vollkommensten befolgt, zum Vorbild geschaffen ist, sondern gerade derjenige, der im Wandel der Zeit, für alles offen, dosiert zum Erhalt der Gruppe von den geltenden Normen abweicht."

Der Ehrwürdige Bruder Bruthenner von der Nörgelei und den Spitzfindigkeiten fährt dazwischen:

„Wer für alles offen ist, der ist nicht ganz dicht!"

Der Ehrwürdige Bruder Aufschneider von San Giorgio, Ritter von den Trittbrettfahrern, schließt das Exempel, indem er sich wieder auf seinen Platz begibt:

„Wohl dem, der dosiert und uns zuträglich den Wandel und die Chance, die in jedem Wandel liegt, begreiflich machen kann, die Werte erkennt und die Möglichkeiten nutzt. Wohl dem, der Regeln hinterfragt und nötigenfalls Neues sich entwickeln lässt. Das müssten sie, Ehrwürdige Bruder Bruthenner von der Nörgelei und den Spitzfindigkeiten, am ehesten wissen."

Hinweis:

Exempel? Exemplum (lat.), das aus der Menge gleichartiger Dinge Herausgenommene. Hier der wesentliche Nutzen einer historischen Aussage oder eines historischen Werkes, aus dem der Leser lernen und nachahmen soll bzw. nach dem er handeln und richten soll.

Während er so spricht, geht dem Ehrwürdige Bruder durch den Kopf, dass er zuhause keine gebügelte Wäsche mehr hat:

„Der Kaiser erlaubt den Städten neuerdings Mauern zu errichten, die Städte durch Podestà regieren zu lassen, einen Städtebund zu bilden, Sitten und Gebräuche zu pflegen.", ging es dem Ehrwürdigen Bruder Aufschneider von San Giorgio, Ritter von den Trittbrettfahrern, durch den Sinn.

„Er erlaubt, alle möglichen Freiheiten und Privilegien zu gewähren, und mir, der ich seit Anprangern meines Nikolaitismus durch den nie-

deren Klerus unbeweibt bin, gesteht er keine behördlich bezahlte Wäscherin zu?

Hinweise:

Nikolaitismus? Mittelalterliche Unsitte der Verbindung von Geistlichen mit einer Frau, gleichgültig, ob Gattin oder Konkubine.

Gegen Nikolaitismus: Kampf der Offizialkirche, die Kirche von vollzogenen oder heimlichen Priesterehen zu reinigen.

Der Ehrwürdige Bruder Aufschneider von San Giorgio, Ritter von den Trittbrettfahrern:

„Nun ja, ich hatte ja eine Dame aus der bäuerlichen Schicht beauftragt gehabt, jedoch zu meinem persönlichen Schaden, da sie mein eigenes Geld gekostet hat. Ich habe dieser Frau zum Andenken und Zeichen des vollen Besitzes meiner geistigen Kräfte, meines Hauses und Hofes, für die von ihr getanen Dienstleistungen einen venezianischen Silbergroschen gegeben, entgegen meiner herkömmlichen Gewohnheit."

Hinweis:

Venezianischer Silbergroschen? Harte Währung, in diesem Fall viel zu wenig, gemessen an der erwarteten Leistung:

Was war auf der Münze geprägt? Das einzige und wahre Zauberwort: Geiz. Warum war dieses darauf geprägt? Zu einem Zeichen der Erkenntlichkeit. Ohne Herz und Verstand. Kopf oder Zahl? Kopf. Verloren. Professorengehabe.

Der Ehrwürdige Bruder Wissenschaftlichkeitsfurzer, Dampfschraube für Arroganz und Intrige, unterbricht die beiden mit seinen stoßend herausgebrachten Worten:

„Brüder und Schwestern, ich plädiere jetzt für Schluss der Debatte. Soll jeder doch selbst schauen, wie er zurechtkommt. Stimmen wir ab!"

„So geht das nicht!" **kommt der aufgeregte Einwand des Ehrwürdige Bruders Aufschneider von San Giorgio, Ritter von den Trittbrettfahrern.**

Hinweise:

Zum Verständnis des Lesers. Stimmen wir ab? Eine Aussage in strengem Gegensatz zu den Statuten der Freien und Geheimen Bruder- und Schwesternschaft der Unerschütterlichen Haltlosen. Haltlosigkeit und Schwäche, Ohnmacht: Wo bleiben diese dann? Ein Ehrwürdiger Bruder, eine Ehrwürdige Schwester ist durch innere Einstellung verpflichtet, die Gesetze der Haltlosigkeit zu befolgen. Sie stimmen mit den drei großartigen Forderungen überein, welche sind:

1. Weder hier noch dort zu sein,
2. Der zu sein, der man nicht ist,

3. Nicht den Tod zu fürchten.

Nur Ungewisses hat man zu befürchten. Die Haltlosigkeit ist nichts Willkürliches, nichts Entbehrliches, sondern etwas Notwendiges, das im Wesen des Menschen gründet. Der Halt, den man sich setzt, und der jederzeit auch woanders gesetzt sein könnte, ist willkürlich.

Der Ehrwürdige Bruder Schachtelknallfrosch, Erforscher der psychopathischen Gräte:

„Unsere Lebensebenen, auf denen wir uns bewegen, auf denen wir aufeinander zustreben oder voneinander lassen, sind eben nicht nur Inhaltsebenen. Sie sind ebenso Beziehungsebenen, die tägliche Praxis, Ritual und Kommunikation. Unser unersetzliches und wesentliches Transportsystem ist die Sprache!"

Der Ehrwürdige Bruder Schachtelknallfrosch, Erforscher der psychopathischen Gräte, fährt fort:

„Soll allerdings von Sprache die Rede sein, dann sind modulierte Laute alleine keine hinreichende Basis für Verständigung. Die Laute müssen zur komplexen Strukturierung geöffnet werde, um bedeutungsfähig zu werden.

Mit anderen Worten: Der Ton macht die Musik. Der Ton muss den guten Willen repräsentieren; wie man in den Wald hinein schreit, so kommt es wieder heraus. Die Verknüpfung von Inhalt und Beziehung, das ist der Schlüssel zum Begreifen und Ergriffensein. Ausschlaggebend für unsere Gedankenführung muss sein, dass wir guten Willens sind!"

Die Ehrwürdige Schwester von der Zitrone macht diesem Treiben ein Ende mit der an den Capitano gerichteten Bitte:

„Ehrwürdiger Capitano, ich bitte folgenden Wortlaut in das Protokoll aufzunehmen.

Die Ehrwürdige Schwester von der Zitrone:

„Wortlaut: Wir haben die Dinge kurz berührt, um tatkräftig gegen die Unwissenheit vorzugehen. Unter Auslassung der Aufarbeitung von Beziehungsschwierigkeiten, von Trauer und Depression, haben wir entsprechend der uns gewohnten Verhaltensmoral bewusst die göttlichen Kräfte in uns walten lassen, um auf diese Weise zu zweckmäßiger Normalität, zu hieros (griech.). zur heiligen Ordnung und zum Ursprung zurückzufinden."

Hinweis:

Hieros? Zur Heiligen Ordnung zurückfinden? Um dieses zu verstehen, müssen wir vom Ordnungsgedanken als Allheilmittel ausgehen. Im Verständnis von Macht wird die Ordnungsfindung hierarchisch betrieben und mit einer philosophischen Qualität ummantelt.

XIV.
Huldigung für die Ehrwürdigste Schwester Klatschrose, Mutterschoß der Einswerdung mit Gott.

Die Ehrwürdigste Schwester Klatschrose, Mutterschoß der Einswerdung mit Gott, ist mit vielen Krankheiten, die tief in die geschöpfliche Welt hineinreichen, geschlagen. Zeitenthoben sind ihr die spontane Lust und die kosmische Freude inzwischen verloren gegangen. Ohne ihre traurige Gestalt, die sie mit der Seinsfrage des vergänglichen Lebens gleichsetzt, würde der Freien und Geheimen Bruder- und Schwesternschaft der Unerschütterlichen Haltlosen der Zustand einer zykloid durchzogenen Lebenswelt verborgen bleiben.

Hinweis:

Zykloid? Zykloid (griech.) nennt man einen Menschen, dessen Gemütslagen von immer wiederkehrenden, heiteren und schwermütigen Stimmungslagen bzw. -änderungen gekennzeichnet sind.

Durch die Ehrwürdigste Schwester Klatschrose, Mutterschoß der Einswerdung mit Gott, werden die eigenen Lebenszyklen erhellt und bewusst erfasst. Auf sie richten die Brüder und Schwestern ihre energetischen Antennen zur Erfassung dessen, was ein physischer Körper ist. Jeder Lebensimpuls (Atmung, Kreislauf, oraler und analer Antrieb) kann durch sie in doppelter Weise

erfahren werden. Unausweichlich landet man bei der Frage: Bestimmt nur der einzelne Mensch, trotz Abhängigkeiten, sein Leben aus sich selber, oder kommt alle Kraft von oben?

Hinweise:

Kraft von oben? Kraft von ganz oben, von Gott? Ersatzweise Kraft von außerhalb oder aus der Fürsorge eines Dienstherrn.

Psychoasthenie (griech.): Mangel an eigener seelischer Kraft und an Durchsetzungsvermögen.

Psychoasthenie? Psychoastheniker sollen zu übertriebener Selbstbeobachtung neigen. Sie eignen sich deshalb ganz besonders für den Lämmerdienst. Nach tiefenpsychologischen Kriterien müssten sie ganz besonders gut auf Therapien ansprechen. In der von Freudianern oft gebrauchten Aussage, man müsse leiden, um therapiefähig zu werden, steckt etwas Faschistoides-Sadistisches.

Die Ehrwürdigste Schwester Klatschrose, Mutterschoß der Einswerdung mit Gott, lässt spüren, dass der Urmensch seine Lebenskraft nicht nur aus Kartoffeln, Fleisch und Gemüse entnimmt. Mutter Klatschrose der Einswerdung mit Gott steht als Mahnung für die Trennpunkte der Schöpfung: Zeugung, Geburt, Tod, Arbeit, Hochzeit usw. Ihre Existenz sichert den Brüdern und Schwestern die Mythensprache, die über das WIE GEHT ES DIR? hinaus geht.

Hinweise:

Mythensprache? Mythologie (griech.), die Wissenschaft von den Ursprungssagen, den Religionen und den Göttersagen, wobei in neuester Zeit selbst die schriftlichen Überlieferungen über die Religionsstifter als mythologische Darstellungen betrachtet werden.

„Alle Religionen werden irgendwann mythisch!" sagte einmal ein buddhistischer Mönch zu Capitano, dem ersten Vorsteher der Brüder und Schwestern der Unerschütterlichen Haltlosen. Mythos, Erzählungen, Sagen, als symbolischer Ausdruck gewisser Ur-Erlebnisse. Darstellung von Volkserleben im Licht des religiösen Glaubens.

Um die Ehrwürdigste Schwester Klatschrose, Mutterschoß der Einswerdung mit Gott, begreifen zu können, müssen wir von der gewöhnlichen Denkgewohnheit, die von der Wirkung auf die Ursache oder umgekehrt gerichtet ist, abkehren. Für sie ist Wirkung und Ursache ein und dasselbe. Offenbar hat man es hier mit einer Art seelische Kabbalistik zu tun.

Hinweis:

Kabbalistik? Kabbala (hebr.), Überlieferung, Tradition: Eine Sammlung mythischer Schriften der Juden, deren älteste, das Buch Jezira, im 8. und 9. Jahrhundert und deren jüngste, das Buch Zohar, um das Jahr 1200 entstand. Die Kabbalistik lehrt die Seelenwanderung. Die Kabbalisten halten sich für Zauberer

91

und Magier. Sie glauben, wunderkräftige Amulette und Formen herstellen zu können. Als Beispiel möge die Saga vom Prager Golem gelten:

Die Legende von Rabbi Löw, dem Hohen Rabbiner von Prag (1512 bis 1609), der aus Lehm mittels Magie und Geheimbuchstaben-Mystik einen Menschen, einen Homunculus erschaffen haben soll (Gott-Schöpferkraft des Menschen).

In ihrer Totalität wendet sich die Ehrwürdigste Schwester Klatschrose, Mutterschoß der Einswerdung mit Gott, radikal oder gar nicht dem Anderen zu. Die radikale Zuwendung wird den Mitmenschen zwingen, sie zu lieben, ihr die Kerze der Andacht zu geben. Im Lichte der Begegnung wandelt sich ihre vornehm schlichte Selbstanschauung zur Selbsterhellung, wenn nicht gar zur Selbsterleuchtung. Sie ist, wenn man so will, eine Heilige, Maria. Man wird sie vollgültig lieben, hat man erst begonnen, ihre Erscheinung zu differenzieren.

Eine Frage von ihr ist niemals nur eine Frage. Sie ist ein Ersuchen nach Offenbarung. Eine Antwort ist niemals nur eine Antwort, sondern eine Offenlegung, Offenbarung oder Eröffnung. Eine Bewegung ist niemals nur eine Bewegung, sondern eine bis zum äußersten Rand gehende Ausschöpfung der jeweils vorhandenen Energie. Wenn ihr Lebenswille zu erlöschen droht und sie alle Möglichkeiten, diesen zu erhalten, ausgeschöpft hat, dann erst entflammt die Lebenskraft,

die unter ihrem zarten Schleier der dunklen Ab-
schirmung völlig verbraucht war, erneut.

Ende

Über den Autor:

Rolf Dieter Kaufmann, Jahrgang 1942, arbeitete als Lehrender 29 Jahre an einer deutschen Hochschule und 6 Jahre an einer italienischen Universität.

Er studierte Kunstgeschichte, Malerei und Grafik in Rom, Politikwissenschaften in München, Pädagogik, Sozialpädagogik, Philosophie, Indologie und Sinologie in Freiburg.

Die ihn am meisten beschäftigenden Themenstellungen sind Marginalität, in gesellschaftlicher Grenzstellung befindliche Personen, Ethnizität, Ambivalenzen in Mehrfachidentitäten – und der Dialog zwischen den Kulturen. Private und berufliche Gründe führten ihn nach Asien, Vorderasien, Afrika, in arabische Länder und nach Süd- und Mittelamerika.

Bibliographie:

Rolf Dieter Kaufmann

Code-Name Saatkrähe

oder

Die Liebe ist aus demselben
Stoff wie das Schwert

Hrsg. Reinhard Gailhofer

Rolf Dieter Kaufmann

Die Abfahrt weiß man,
aber nicht die Ankunft

Romanhafte Biografie

Hrsg. Reinhard Gailhofer

Reinhard Gailhofer / Rolf D. Kaufmann

Die Frau des Ochsen
(LA FEMMINA DEL BUE)
oder
Handbuch der Unterweisung für Ungläubige

Graubuch

Reinhard Gailhofer / Rolf Dieter Kaufmann

Die pure Einfalt
oder
Was uns bewegt

Ein Graubuch

Rolf Dieter Kaufmann

Eisen und Blümchen

Rolf Dieter Kaufmann

Ort, an dem nichts ist
oder
Ein sanfter Wellengang verteilt
die Asche ins Unsichtbare

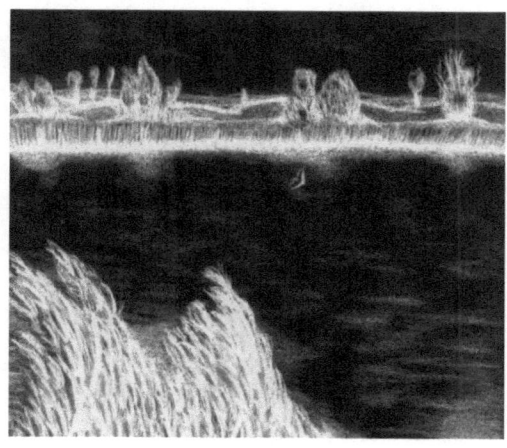

Hrsg. Reinhard Gailhofer

Rolf Dieter Kaufmann

Schriften des Yo-Yo Ma Ma
oder
Verborgene Seele der Menschlichkeit

Hrsg. Reinhard Gailhofer

Rolf Dieter Kaufmann

Weiß jemand, ob die Braut katholisch ist?
oder
Der Narr muss nichts
und kann alles

Rolf Dieter Kaufmann

Wie mir Nîzamî unter einem Anaab Gottfindung erklärte

oder
Beten kostet nichts
Beten lassen kostet Milliarden

Zeitfracht Medien GmbH
Ferdinand-Jühlke-Straße 7
99095 Erfurt, Deutschland
produktsicherheit@kolibri360.de